La voix du mal

Du même auteur

Sous le sol de coton noir, Les éditions du Rocher, 2022.

Paul Duke

La voix du mal

Roman

éditions du
ROCHER

Éditions du Rocher
28 rue Comte Félix Gastaldi – BP 521 – 98015 Monaco

www.editionsdurocher.fr

ISBN : 978-2-268-11138-4
EAN Epub : 9782268111490

Elle se trouvait là-haut, dans son endroit préféré. C'est là qu'elle se sentait seule au monde et, à ce moment-là, elle l'était vraiment. Elle grimpait jusqu'au sommet du monde et voyait tout. Elle voyait sa ville, la forêt, les collines. Elle voyait les zones de danger et les zones de refuge. Elle voyait la frontière avec l'autre pays, mais elle était plus proche de la frontière avec le ciel. Plus proche de Dieu que de son prochain.

Un pied devant l'autre, elle avançait jusqu'au bord du précipice. Elle sentait la chaleur la caresser, puis l'enlacer, et elle se laissait aller. Elle en voulait plus, elle voulait regarder le feu et le sentir, ne faire qu'un avec la fournaise. Des gouttes de transpiration commençaient à perler sur tout son corps. Plus elle avançait, plus elle sentait l'étreinte de la chaleur. Elle avait envie de se déshabiller, pour atténuer l'étouffement de sa peau, mais aussi pour faire communion avec les éléments. La terre de la montagne, l'eau de sa sueur, l'air des émanations sulfureuses, le feu du magma en contrebas.

Elle était arrivée au sommet et voyait enfin ce qui la fascinait le plus au monde. Ce lac de feu parfaitement rond constitué de plaques de lave qui s'entrechoquaient. Des trous se formaient entre les plaques, des puits de feu reliant le cœur de la montagne à la surface, jusqu'au ciel, laissant passer de la lumière et un nuage de gaz mortel. Tout, autour d'elle, serait mortel par simple contact, mais elle ne s'était jamais sentie aussi vivante.

Puis vint la secousse, le tremblement de tout son être et du sol qui se dérobait sous ses pieds nus. Le lac bouillonnait et la roche vibrait, faisant danser des cailloux tout autour d'elle. La montagne entière se fissurait, elle grondait. Elle allait déchaîner toute la puissance de sa colère sur la terre et sur les hommes. Elle allait purifier cet enfer de violences et tout emporter avec lui. Comme si l'humanité avait failli, Dieu la punissait et allait tout raser. Était-ce l'apocalypse ? Qu'elle vienne ! Elle était prête à l'accueillir.

— Mama Norah, réveille-toi !

Face au regard intrigué d'Emmeline, assise au bord de sa couchette, Norah reprit ses esprits. Elle transpirait. Il faisait chaud dans la salle de repos des femmes. Emmeline se leva et alla chercher un gobelet en plastique qu'elle emplit depuis le seau d'eau potable posé sur la table. Norah l'avala d'une traite et ressentit la vie parcourir son corps. Elle avait mal à la tête. Elle était peut-être en train de tomber malade, mais le rêve qu'elle venait de faire, inextricable, rappelait ceux qui la hantaient quand elle souffrait de migraines.

— J'ai dormi combien de temps ? demanda-t-elle en swahili.

— Pas longtemps, dix minutes ?

La jeune et jolie Emmeline sourit et s'assit à côté de Norah qui était parvenue à se redresser non sans difficulté. Elle n'était plus aussi souple qu'avant. Elle se rappela s'être allongée, car elle avait eu des vertiges et avait sombré immédiatement dans ce rêve. Elle essuya un filet de bave qui avait coulé sur sa joue et se frotta les yeux. Elle avait froissé sa chemise d'uniforme, ce qui ne lui plaisait pas. Elle se dit qu'elle y remédierait plus tard. Elle devait d'abord retrouver le monde des vivants.

— Eeeh, je suis partie très loin !

— Oui, on dirait bien, Mama ! Mais maintenant, il faut retourner au travail. Il se passe quelque chose.

— Quoi ?

Norah craignait le pire. Depuis près de vingt ans qu'elle travaillait dans le parc national des Virunga, elle avait vécu de nombreux incidents, tous plus graves les uns que les autres. Quand ce n'étaient pas des fusillades, ce pouvait être la découverte du cadavre d'un animal protégé, voire d'un de ses collègues. Il y avait de plus en plus de morts dans les rangs des gardiens, tués par des hommes armés. On les enterrait souvent dans le parc, car ils se sentaient tous des enfants des Virunga avant tout. Elle avait perdu de nombreux amis au cours de sa carrière, mais gardait la foi pour continuer à se battre pour la protection de cet espace unique contre les esprits malveillants. Que ce soit des braconniers, des milices ou des soi-disant groupes d'autodéfense, les Maï-Maï, dans tous les cas c'étaient des hommes sans foi ni loi, mais avec des kalachnikovs.

Elle avait appris à tirer, elle aussi. Les gardes devaient être armés pour repousser ces nuisibles qui se cachaient dans la jungle ou qui s'en prenaient à ses richesses. Elle détestait les armes, mais se rendait compte de leur nécessité. Elle s'était servie de son fusil mitrailleur à plusieurs reprises, principalement des tirs en l'air pour faire fuir des villageois qui venaient couper du bois pour se chauffer. Une seule fois, elle avait visé un homme. Il faisait partie d'un petit groupe armé qui avait ouvert le feu dans leur direction. Ils ne surent jamais si c'étaient des bandits ou un groupe politique. Son équipe s'était jetée au sol comme un seul homme et ils avaient riposté. Tout ce qu'elle avait pu voir était ses yeux écarquillés sous un bandana couleur treillis, à une trentaine de mètres. Elle avait tiré, elle pensait avoir visé juste, pourtant, une fois que les combats avaient cessé, on n'avait retrouvé aucun corps. Le groupe avait certainement fui, ne s'attendant pas à une riposte armée aussi efficace de la part des gardiens du parc. Peu après, elle avait été prise en photo avec son fusil mitrailleur par un journaliste *mzungu*[1] et l'on parla un peu d'elle dans la communauté, comme d'une héroïne. C'était son moment de gloire.

Depuis, elle faisait moins de terrain, notamment à cause de sa condition physique qui ne s'améliorait pas avec l'âge. Les gardiens étaient de plus en plus nombreux et les responsabilités se partageaient plus équitablement. Passée à un grade officieux de mentor ou de leader grâce à son expérience, elle passait plus de temps au bureau de Rumangabo. Parfois, elle patrouillait avec ses collègues pour ne pas perdre la main et parce qu'elle adorait ça.

1. « Blanc » en swahili.

Après tout, elle travaillait dans l'un des plus beaux endroits du monde.

Elle savait qu'elle était privilégiée, qu'elle avait un droit d'accès exclusif. Les *mzungu* payaient des fortunes pour visiter le parc, à la recherche des gorilles ou pour escalader le Nyiragongo. Certains payaient même des porteurs pour s'alléger d'un barda dont ils n'avaient pas besoin. Ce devait être inné chez eux, d'instaurer un lien hiérarchique pour avoir l'impression de garder le contrôle en toutes circonstances. Heureusement qu'ils n'étaient pas tous comme ça ! Elle en avait vu défiler, des Européens, des Asiatiques, des Libanais, des Indiens… La grande majorité d'entre eux était mal à l'aise ici, pour dire le moins. Et puis il y avait les êtres d'exception, comme le comte…

Bien que né en Belgique, le comte Geoffrey de Clair avait vécu la majeure partie de sa vie en Afrique. Personne ne savait si son titre était réel, mais l'autorité avec laquelle il dirigeait les efforts de conservation ne laissait pas d'autre choix à ses employés que de le respecter. Dans un pays où le colonialisme belge avait fait des ravages sur des millions de personnes, la présence d'un noble de la même nationalité ne provoquait pourtant aucune opposition. Son charisme et son engagement contagieux lui conféraient une telle majesté qu'il aurait pu se revendiquer roi. Nommé à la tête de l'Institut congolais pour la préservation de la nature depuis une quinzaine d'années, Geoffrey de Clair était la figure incontestable de la conservation en République démocratique du Congo.

Le grand complexe à Rumangabo était composé de plusieurs bâtisses, principalement des bureaux ou des ateliers. Il s'y trouvait également un *ecolodge* où séjournaient le comte et les chercheurs qui venaient ponctuellement observer le parc, ainsi que les touristes, dont les dollars aidaient à financer les activités de conservation du parc.

Après quelques minutes consacrées à se refaire une beauté, elle décida de rejoindre Emmeline dans les bureaux, en traversant la cour qui les séparait des *guesthouses*. Elle tira sur sa chemise pour la rendre plus nette, mais elle n'eut pas beaucoup de succès. Quand elle entra dans le bâtiment, elle ne vit personne. C'était inhabituel. On n'était pas dimanche, il n'y avait pas une patrouille spéciale qui mobilisait presque tout le monde. Même le bureau administratif, normalement toujours occupé, était vide. Norah commençait à s'inquiéter, en se disant qu'il se passait quelque chose de grave. Les réunions générales se déroulaient dans la cour et elle en venait. Avaient-ils été évacués ? Y avait-il une alerte ? Un groupe armé était-il dans le secteur ? Son inquiétude ne faiblissait pas quand elle ouvrit la porte de la salle de réunion. Elle alluma.

— Surprise !

Ils étaient tous là, à sourire en la regardant. La musique démarra. La rumba de Papa Wemba, naturellement. Ils étaient une vingtaine, ils portaient l'uniforme pour la plupart et levaient les bras pour la célébrer, elle. Certains avaient déjà commencé à trinquer, avec leurs grandes bouteilles de Simba. Ils avaient déplacé les tables dans le fond et ils y avaient disposé des bouteilles de bière, des sodas et de quoi manger.

Le comte était là, toujours aussi souriant. Il vint l'étreindre. Norah était touchée que le grand homme lui accorde son attention.

— Merci pour votre engagement depuis si longtemps, lui dit-il, sincèrement ému.

— Depuis moins longtemps que vous, monsieur !

— Un discours !

Les appels pour qu'elle prononce un discours commençaient déjà. C'était la tradition. Elle aurait bien voulu un soda ou un verre d'eau, ce qu'Emmeline avait anticipé en lui apportant un jus de fruits. Après avoir englouti le verre, elle fit un geste des mains pour qu'on baisse la musique.

— Eeeh, merci les amis ! Merci pour la parole. C'est un honneur de travailler à vos côtés tous les jours. Vous me connaissez, je suis une personne qui préfère les actes aux paroles donc je vais être brève.

Des rires éclatèrent.

— Il y a vingt ans, notre vénérable comte me confiait un premier travail d'assistante administrative à Goma. J'avais quitté Bukavu et le parc du Kahuzi-Biega et je découvrais les Virunga avec beaucoup d'enthousiasme. Je faisais beaucoup d'aller-retour entre Goma et Rumangabo, les routes étaient très compliquées ! Quand j'ai exprimé le souhait d'être plus près du terrain, monsieur le comte m'a proposé de suivre la formation pour devenir ranger. Je peux dire que j'étais la femme la plus fière du Congo quand j'ai reçu mon diplôme. Pas mal pour une réfugiée, non ?

Les rires fusèrent de nouveau. Elle entendit même « *Twishimiye*[2] ! » de la part de certains rwandophones. Au bord des larmes, elle décida de conclure son discours le plus rapidement possible.

— Mon nouveau défi, c'est désormais de vous protéger, tous ceux d'entre vous qui prennent des risques tous les jours sur le terrain. Nous avons perdu un nombre incalculable de collègues au fil des ans, mais nous devons continuer à lutter pour protéger cet espace qui nous survivra à toutes et à tous, et qui perdurera encore pour des siècles, grâce à Dieu.

Un silence parcourut l'assistance. Certains regardèrent leurs pieds, d'autres regardèrent Norah droit dans les yeux, émus.

— Merci à monsieur le comte de m'avoir accordé sa confiance, merci à mes collègues de terrain qui m'inspirent tous les jours et merci d'avance au service de l'administration qui voudra bien me reprendre quand je n'aurai plus la force de marcher dans la forêt ! *Romeo India, Tuko pamoja*[3] *!*

— *Tuko pamoja !* clamèrent-ils en chœur.

Romeo India, pour Rangers de l'ICPN, était un terme qu'ils employaient souvent. C'était leur nom de code, leur identifiant, l'ADN de toute une équipe dont ils étaient tous fiers de faire partie.

---

2. « Félicitations » en kinyarwanda.
3. « On est ensemble » en swahili, une expression congolaise courante.

Comme d'habitude, les discours ne s'étaient aucunement arrêtés là. Évariste fut le premier à prendre la parole, pour raconter le plaisir qu'il avait à travailler avec Norah depuis qu'il était arrivé. Pimprenelle fit quelques blagues avant de trinquer à la santé de tous et de Mama Norah. Justin, de la comptabilité, fut le suivant, lui disant qu'elle serait la bienvenue dans leur service, surtout si elle leur dévoilait sa recette de capitaine au citron et aux échalotes.

On dansa, on mangea et l'on but jusqu'à la nuit tombée. Le comte était parti tôt dans ses appartements. Ceux qui vivaient au village retournèrent chez eux. Ceux qui venaient de Goma ou de Rutshuru et qui logeaient dans les *guesthouses* retrouvèrent leur couchette. C'était le cas de son fils Innocent, que Norah avait observé par moments au cours de la soirée. Lorsqu'elles ne furent plus que toutes les deux, Norah et Emmeline rangèrent, tout en refaisant le monde autour d'une Simba.

— Tu dois être contente que ton fils ait rejoint l'équipe ? demanda Emmeline.

— Oui, tellement ! Il était perdu, mon pauvre petit.

Après la naissance d'Innocent, Norah avait ressenti l'urgence de gagner de l'argent afin de trouver un logement plus durable pour sa mère, Gisèle, et le petit. Le premier travail qu'elle avait trouvé était comme comptable au bureau du parc national Kahuzi-Biega dans le Sud-Kivu. Lorsqu'on lui avait proposé un emploi mieux payé aux Virunga, elle avait dû installer Gisèle et Innocent à Goma, avant de partir pour Rumangabo, où elle travaillait depuis et ne pouvait accueillir sa famille.

Innocent se retrouvait souvent dans le pétrin, car il n'aimait pas l'école. Il avait la peau très claire, héritage de son père, et l'on se moquait de lui en le surnommant le *mzungu*, le blanc. Gisèle avait eu du mal à élever cet enfant qui n'était aucunement intéressé par les études. Elle ne savait pas à quoi il s'occupait lorsqu'il arpentait les rues de Goma avec sa bande de vauriens, mais elle se doutait qu'il trempait dans des combines ou des arnaques. Après la mort de Gisèle, désormais un jeune homme, Innocent se mettait dans des situations de plus en plus inquiétantes. Norah avait tout fait pour lui obtenir un travail à l'Institut, qu'il avait enfin accepté. Depuis, elle avait moins peur qu'il tourne mal.

Les deux amies sourirent en silence. Fatiguées, elles décidèrent d'aller se coucher. Emmeline raccompagna Norah à sa bicoque dans le centre du village, à cinq minutes à pied, puis rentra à la base pour retrouver sa couchette. Norah lutta plusieurs heures pour trouver le sommeil. Malgré tout, elle se faisait toujours du souci pour son petit Innocent.

Simon s'arrêta au bord de la route, mit le point mort et le frein à main, mais laissa tourner le moteur. Son téléphone était connecté en Bluetooth, et il ne savait pas si, en coupant le contact, cela le ferait raccrocher. Il n'avait jamais essayé auparavant et ne voulait en aucun cas faire le test à ce moment précis. Il regarda dans le rétroviseur pour s'assurer qu'il ne gênait pas, car il pouvait y avoir un passage non négligeable sur cette petite route de campagne. Elle passait même parfois pour une piste de course entre beaufs bourrés le samedi soir, pressés d'aller chez l'un, chez l'autre, ou au bar d'un quelconque village. On approchait dangereusement de l'heure fatidique. L'heure de l'apéro. Bien qu'il ne soit pas le dernier pour boire un coup, Simon ne comprenait pas le phénomène relativement récent qui s'apparentait à un culte, où l'apéro était devenu une cérémonie, un rituel païen de plus en plus vénéré par toute personne qui aimait prendre un petit verre le soir. Des boutiques dédiées entièrement à cela poussaient dans les centres-villes, proposant des paniers garnis de terrines, de saucissons et de chips. Des chips.

— T'es là, Simon ?

Le système de haut-parleurs, qui l'avait décidé à acheter ce modèle de voiture plutôt qu'un autre, lui permettait de bénéficier d'un meilleur son quand il écoutait sa musique préférée. À ce moment-là, en revanche, ce n'était pas le jeu de pieds du batteur de Meshuggah qu'il essayait d'analyser, mais plutôt là où voulait en venir sa petite amie. Basée à Paris, elle était censée bientôt lui rendre visite.

— Oui, je suis là, mais je ne suis pas sûr d'avoir bien compris. Tu viens bien vendredi ?

— Je... Je ne sais pas si je vais revenir, Simon.

C'était donc ça. Si Marine n'avait pas répondu à ses messages ces derniers jours, ce n'était pas parce qu'elle n'avait pas Internet, mais tout simplement parce qu'elle ne voulait pas répondre. Tous ces « Tu me manques » sans réciprocité, ces « Bisous » qui ne trouvaient pas leur destination et ces « Je t'aime » sans réponse. Il savait qu'elle les voyait, car l'icône de lecture s'affichait en bleu à côté de ses missives. Il n'avait pas voulu le reconnaître jusque-là, mais il commençait à se rendre compte qu'il s'était fait *ghoster* par sa copine. Celle-là même qui avait pleuré dans ses bras avant de prendre le train, qui se disait déchirée de l'intérieur à l'idée de le quitter, qui hésitait à mettre sa carrière en veille pour qu'ils puissent vivre leur idylle encore quelque temps. Ils s'étaient voués un amour éternel, sans condition, sur cette plage du golfe du Morbihan où ils voulaient prendre du temps pour eux avant qu'elle parte. Pour la première fois de sa vie, il s'était dit qu'il était tombé sur la bonne. C'était pour tout cela qu'il ne comprenait pas pourquoi elle semblait éviter ses messages ces dernières semaines. Il ne pouvait envisager que ce soit volontaire. Il ne parvenait tout simplement pas à expliquer le manque de communication autrement que par son travail très prenant dans le luxe.

Il l'avait maintenant, sa réponse. Certes, il était possible qu'elle soit réellement occupée par le boulot, mais il y avait bien une explication au manque de réponse. Elle ne l'aimait plus. Elle avait dû rencontrer quelqu'un d'autre, comme elle l'avait fait avec lui. Sur le moment, ça ne l'avait pas dérangé. Il ne l'avait pas su tout de suite, mais seulement lors de leur escapade avant qu'elle s'en aille. C'est sur cette jolie plage, où ils n'étaient que tous les deux, qu'elle lui avait avoué qu'elle l'avait choisi au lieu d'un autre. Benjamin, il s'appelait. Pour Simon, le prénom même de Benjamin était ridicule. Il lui faisait penser à cette réplique du film *Wayne's World* : « Si Benjamin était le nom d'un médicament, ce serait celui d'un suppositoire. »

Se dire qu'il avait remporté la victoire par-dessus ce tocard lui donnait une certaine fierté. Après lui avoir déclaré qu'elle l'avait choisi, et qu'elle l'aimait plus que tout, ils étaient rentrés chez lui à La Gacilly, puis elle avait pris un train quelques jours plus tard pour Paris, où elle menait sa brillante carrière. Simon avait dû regarder sur Internet ce que faisait son entreprise. Des fringues, des sacs, des parfums... Tant de choses qui ne l'intéressaient pas. Il ignorait tout de ce monde. Il savait seulement que les fêtes parisiennes étaient folles. Et dire que sa petite amie participait activement à cette vie nocturne, qu'elle organisait des soirées, buvait beaucoup, prenait peut-être des produits euphorisants... Il ne voulait pas émettre un jugement, mais il n'approuvait pas particulièrement son style de vie quand elle était à Paris. Pourtant, il n'était jamais tombé sur une femme aussi belle et il en était très amoureux.

— Simon, tu m'entends ? Écoute, je ne peux pas rester dix ans au téléphone, mais je voulais être sûre que tu avais compris.

— Non, t'inquiète, j'te retiens pas plus longtemps.

Puis il coupa le contact. Il s'aperçut que cela n'avait pas raccroché comme il l'avait craint initialement. Il tapota l'icône rouge du téléphone en jurant et mit un terme à la communication. Il frappa violemment le volant. Il chercha un objet à lancer, et ne trouva rien de mieux qu'un vieux ticket de parking. Il saisit son téléphone, le décrocha du support qui le maintenait collé au pare-brise par une ventouse, et fit mine de le jeter par la fenêtre. Il n'osa pas réellement balancer cet objet qui était son outil de travail principal et lui avait coûté un bras. Il se contenta donc de hurler dans l'habitacle.

Une voiture vint d'en face. À l'approche, elle roula doucement comme pour jauger si Simon avait besoin d'assistance. Face à l'expression de rage qu'il affichait, le chauffeur de la Fiat Panda ouvrit grands les yeux et accéléra, le laissant au bord de la route. Après s'être retourné pour s'assurer qu'il était tranquille, Simon hurla de nouveau.

— Ah bah d'accord!

— Mais si, Simon, tu verras. L'expression « une de perdue, dix de retrouvées » n'a jamais autant été adaptée à une époque qu'à la nôtre!

— Ton conseil d'ami, quand je me fais larguer, c'est d'aller sur un site de rencontre?

Dépité, Simon abrégea la conversation avec son ami Mathieu et raccrocha. Il ne le fit pas immédiatement, car il trouvait cela malpoli. Il ne comprenait pas pourquoi cela se faisait autant, dans les films, de raccrocher au nez des gens. Certes, ce n'était peut-être pas très intéressant d'insérer dans les dialogues des « Bon, je te laisse » ou « Merci, hein! *Ciao ciao*! », au même titre qu'aller aux toilettes ou faire sa lessive. Cela enlevait pourtant un peu de naturel et vous sortait d'un film, trouvait-il.

Il chercha à s'occuper dans sa petite maison pour se changer les idées. Depuis qu'il avait acheté un tas de pierres dans un hameau à l'extérieur de La Gacilly, il ne manquait pas de tâches de bricolage. Finalement, manquant de motivation, il opta pour la télévision et une énième série sans originalité.

Après une nuit très agitée, il décida d'aller au travail quand même. Il sentait qu'il fallait qu'il s'occupe l'esprit. L'avantage de son métier était qu'il traitait des sujets différents tous les jours. Il n'était plus aussi passionné qu'à ses débuts, mais ce jour-là il s'accrochait à cette particularité du journalisme local qui lui faisait rencontrer des personnes diverses et parler de choses variées à tout moment. Depuis l'école de journalisme de Lannion, soit près de quinze ans, il avait graduellement perdu de l'intérêt pour son métier, mais jamais pour sa région. Il ne se voyait vivre nulle part ailleurs qu'à La Gacilly, depuis qu'il avait décroché son premier job. Il avait démarré modestement, pour le petit hebdomadaire local *Les Infos du Pays de Redon*, qui peinait à survivre face aux géants *Le Télégramme* ou encore *Ouest-France*. Un peu par rébellion, il y était resté plusieurs années, mais il avait accepté quelques piges pour pallier les absences de leurs correspondants dans la zone. Il était désormais salarié pour *Ouest-France* et couvrait un plus vaste éventail de sujets sur tout le pays de La Gacilly. Il n'était pas carriériste, il était tout simplement heureux de trouver un travail plus stable pour travailler à son rythme et garantir sa tranquillité. Marine lui avait reproché son manque d'ambition, mais elle avait aussi dit qu'elle respectait son amour pour sa région quand ils s'étaient rencontrés, ce fameux été où elle était venue faire du tourisme avec des amis parisiens.

Il interrompit sa rêverie quand il arriva à la rédaction. Il était le seul journaliste à occuper ces bureaux, la plupart du temps. Il arrivait qu'un correspondant d'une zone voisine vienne travailler là, mais le temps où les deux postes de travail se voyaient occupés était bien révolu. Simon ne l'avait même pas connu puisqu'il était le correspondant titulaire de La Gacilly et des communes environnantes depuis cinq ans seulement. Le jour où on lui demanderait de travailler de chez lui afin de supprimer le bureau physique n'était pas très loin, selon Simon. Ils avaient expérimenté, un été, en lui proposant une « rédaction mobile » : il devait sillonner la zone dans un camping-car à l'effigie de *Ouest-France*, réaliser ses reportages et les publier directement depuis l'habitacle du véhicule. Ils n'avaient pas réalisé que la couverture de la zone en matière de réseau mobile n'était pas idéale dans la région. Ils n'avaient pas non plus pensé que la qualité de la connexion allait de pair avec les conditions météorologiques, ce qui était une erreur de taille en Bretagne. Simon s'était retrouvé obligé de retourner sur la place d'un village chaque fois qu'il voulait publier ses contenus. L'opération, très coûteuse, avait été un échec. On ne sut pas ce qu'il était advenu du camping-car.

En cette période peu glorieuse pour la presse, notamment dans le contexte post-pandémie, tous les moyens étaient bons pour réduire les coûts. Sentant l'épée de Damoclès, Simon avait diversifié son activité. De simple rédacteur, il s'était mis à la photographie. Petit à petit, le site web du journal s'était développé et, avec lui, le recours croissant à la vidéo. Simon avait senti l'urgence de se former et avait suivi un cours à Rennes qui lui permettait de réaliser des reportages pour le site web. Puis sont venues les nouvelles règles de rédaction pour améliorer le référencement des contenus en ligne, puis les réseaux sociaux, avec l'obligation d'adapter les vidéos à divers formats. Les contraintes changeaient sans arrêt et la presse devait s'adapter sous peine de disparaître. Simon aussi, à son échelle, et en bon soldat il se conformait aux exigences.

Armé de ces nouvelles compétences, il avait même commencé à proposer ses services de vidéaste sous un statut d'auto-entrepreneur. En plus de s'adapter aux besoins changeants de son employeur, cela lui permettait d'arrondir les fins de mois et de s'occuper quand l'actualité n'était pas folichonne. Il avait débuté par le mariage d'un ami, puis les mariages d'inconnus. En discutant avec des invités à ces cérémonies, certains lui avaient demandé s'il réalisait des films promotionnels pour des petites entreprises, ce qu'il avait accepté. La mode étant désormais aux séquences filmées par drone, il avait su investir et faire ainsi des vues aériennes à couper le souffle. Son carnet de commandes se remplissait progressivement. Il sentait qu'il n'y avait qu'un pas à franchir pour en faire son activité principale et laisser tomber le journalisme, mais il avait encore la foi dans le bien-fondé de sa mission d'informer ses voisins. Il s'était rêvé en reporter de la nuit, comme Jake Gyllenhaal dans *Nightcrawler* qui suivait les incidents sur les ondes de la police de Los Angeles à la chasse aux images choc à revendre aux chaînes de télévision. Sauf qu'il était à La Gacilly, plus connue pour ses crèmes pour les pieds que pour ses règlements de comptes entre gangs.

Il ouvrit son ordinateur portable et, par réflexe, l'agenda des actualités. Désormais partagé dans l'univers numérique imposé par la Direction, le nouveau calendrier lui faisait regretter le bon vieux semainier en papier sur lequel on écrivait au crayon de bois, qu'on effaçait à la gomme, qu'on raturait, qu'on tachait d'encre… Il était beaucoup plus pratique et donnait un aspect artisanal à un métier qui se digitalisait de plus en plus. Toutes les avancées n'étaient pas néfastes : la mise en page du journal s'effectuait en ligne de manière de plus en plus automatisée. À ses débuts, il devait dessiner son plan de page sur une feuille libre qu'il faxait à la rédaction départementale à Vannes. Le jour où une tempête avait provoqué une coupure de courant, il avait dû affronter les éléments dans sa voiture et apporter en mains propres son plan de page et ses articles manuscrits à une secrétaire d'édition abasourdie.

Les actualités du jour étaient comme d'habitude. Inexistantes. Il fallait faire la tournée, aller à la pêche aux infos. Heureusement, il possédait un téléphone professionnel dont il diffusait largement le numéro afin qu'on le prévienne en cas de fait notoire. Le plus souvent, il recevait des appels de personnes qui n'ont rien d'autre à faire que de parler de la nuisance des éoliennes, de l'odeur de l'exploitation agricole d'à côté, d'un chihuahua trop mignon avec son manteau aux couleurs de la Bretagne, d'un accrochage entre deux véhicules au carrefour du supermarché de Carentoir… En général, il prenait les appels, car cela lui permettait de faire connaissance avec les habitants du coin et de savoir qui était intéressant ou pas. Lors de la pandémie, il avait eu tellement de sollicitations plus ou moins fondées, pour ne pas dire conspirationnistes, qu'il ne décrochait plus et laissait les gens déblatérer leurs théories sur le répondeur. Il avait même éteint le téléphone, ne l'allumant qu'une fois par jour pour écouter les messages. Il s'était vite rendu compte que cela lui procurait davantage de tranquillité et qu'il pouvait même mieux organiser sa journée de travail. Croyant pendant de longues années qu'il recevrait un jour un coup de fil à ne pas rater, il avait désormais réalisé qu'il pouvait très bien rappeler une heure plus tard et ça ne changeait rien.

Ce jour-là, il avait un seul message, qu'il avait manqué de peu. C'était Tugdual, un pompier avec qui il avait sympathisé quelques mois auparavant lorsqu'il avait couvert un accident de la route. Il l'avait cité dans le journal, suscitant la grande fierté de la mère du jeune homme. Depuis, ils gardaient des liens presque amicaux.

— Salut Simon ! commença le message de Tugdual, pour info, y a un incendie sur une exploitation agricole à Tréal. Ça va être vite maîtrisé, mais les flammes sont impressionnantes, si tu veux faire une photo. Je t'envoie le point GPS par WhatsApp. À plus !

Trop sympa, Tugdual. Un incendie, c'était une assez grosse actu pour la région, elle figurerait sur les affichettes bleues devant les bureaux de tabac. C'était une info d'autant plus accrocheuse si c'était sur une ferme. De nombreux habitants vivaient de l'agriculture et les autres se sentaient concernés. Même si la plupart revendaient leur production à la grande distribution, les agriculteurs et les éleveurs étaient vus comme les derniers paysans, des métiers nobles. Simon préférait mettre en valeur ceux qui privilégiaient les circuits courts, l'agriculture biologique et l'élevage raisonné, ou tout simplement les petits producteurs qui luttaient pour leur survie face à l'industrie.

Tugdual avait raison sur une chose : un feu ferait des images impressionnantes. Il contempla brièvement le placard de matériel dans lequel se trouvait un Canon 7D avec objectif fixe de 35 mm. Cela lui convenait bien en reportage, aussi bien photo que vidéo. Il n'aimait pas les zooms, car les seuls modèles qui faisaient des prises de vue de qualité coûtaient cher. Il était hors de question pour le journal de lui payer un équipement si onéreux, donc il avait investi pour son activité d'auto-entrepreneur. Il remerciait *Ouest-France* en n'utilisant que son smartphone pour les articles, mais s'était rendu compte qu'il faisait des images très acceptables avec un bon téléphone, beaucoup plus pratique à transporter et à manier.

Tréal n'était qu'à quelques minutes en roulant bien. Il aperçut la fumée à plusieurs kilomètres du site, ce qui aurait aidé à le trouver s'il n'avait pas reçu les coordonnées. En arrivant, il vit un grand hangar de tôle verte rempli de ce qui ressemblait à des bottes de foin en feu. Le foin, ça brûlait bien, mais heureusement le hangar était isolé, loin de toute habitation. Il se présenta rapidement auprès des pompiers, mais ne reconnut pas Tugdual, qui devait être parmi l'équipe qui tentait de maîtriser les flammes. Il repéra un homme d'une cinquantaine d'années, au visage buriné et aux habits simples. Il devait être le propriétaire de l'exploitation. Simon se présenta à lui.

— Bonjour, je suis journaliste pour *Ouest-France*. C'est votre hangar ?

— Oui, c'est bien mon foin qui brûle, là…

— Vous m'en voyez vraiment désolé. Je vais enregistrer votre témoignage, si vous le voulez bien, mais d'abord je peux prendre quelques photos ?

Lorsque l'homme acquiesça, Simon sortit son téléphone et le pointa sur les flammes. Il avait déjà vu des incendies, mais celui-ci était énorme. Les bottes de foin enflammées créaient un monstre de feu. En armure et équipés de leur lance, les pompiers semblaient affronter le Balrog de Tolkien. Simon prit des photos générales et fit quelques pas autour du site pour changer d'angle, mettre les soldats du feu en valeur ou rendre leur tâche encore plus épique en la photographiant en contre-plongée. Un des pompiers casqués lui fit un signe de la main. Tugdual. Simon lui répondit avec un bref salut, puis enclencha le mode vidéo sur son téléphone. Il se contenta de plans fixes, selon les valeurs qu'on lui avait apprises lors de sa formation : large, moyen, serré. Il commença par reculer afin d'avoir un plan d'ensemble, puis s'approcha pour voir les combattants du feu au cœur de l'action, et enfin photographia quelques détails comme un plan rapproché des flammes, du tuyau d'arrosage, du camion de pompiers. La chaleur l'empêchait de rester trop près, il devait donc recourir au zoom malgré son aversion pour cette fonctionnalité qui faisait perdre en qualité. Il aimait aussi avoir des clichés originaux : au premier plan le logo des pompiers sur le côté du camion avec la scène d'intervention en fond, ou carrément il montait sur sa voiture pour prendre un peu de hauteur. Il arracha ainsi un sourire à un ou deux pompiers qui venaient enfin à bout de l'incendie.

Simon demanda ensuite à l'agriculteur s'il pouvait l'interviewer. Celui-ci accepta, mais pas en vidéo, car il ne voulait pas s'afficher au monde entier. Certainement ressentait-il de la honte d'avoir perdu son foin et ne voulait-il pas être davantage au centre des discussions dans la région, ce qui n'allait pourtant pas rater. Il raconta qu'il espérait être indemnisé au plus vite par les assurances pour ne pas tout perdre, et qu'il allait devoir affronter une période difficile. Simon lui souhaita de vite rebondir de cette situation, un mot de solidarité que le paysan sembla apprécier. Il retrouva ensuite Tugdual, qui avait enlevé son casque et sa veste, révélant qu'il avait transpiré des litres de sueur lors de l'intervention face à la fournaise. Il accepta d'être interviewé en vidéo, et dit en plaisantant que sa mère n'en pourrait plus de fierté.

Simon avait de quoi nourrir un article dantesque sur l'intervention, ainsi qu'une vidéo qui pourrait bien tourner. Il ne lui resterait plus qu'à passer des coups de fil pour alimenter des brèves, prendre des rendez-vous pour des sujets futurs, et sa journée serait terminée bien avant le bouclage qui se faisait en général vers vingt-deux heures. Avec le temps gagné sur sa soirée, il pourrait avancer sur le montage d'un film de mariage qu'il avait tourné la semaine précédente. Cette journée avait été idéale pour se changer les idées. C'était sans compter sur le message de Marine qu'il recevrait un peu plus tard sur WhatsApp.

« Salut Simon, tu as raccroché un peu brutalement hier et je comprends ta déception. Je reste disponible si tu veux qu'on s'appelle pour parler à tête reposée. »

— Mais pour qui elle se prend, celle-là ? Je t'en foutrai, de tête reposée…

Frustré, Simon mit son téléphone en veille et le jeta sur le lit. Il était en train de faire l'étalonnage de son énième vidéo de mariage. Il approchait de la fin du projet, au bout d'une bonne journée, quand ce message était venu lui pourrir l'esprit. L'avait-elle fait exprès ? Lui envoyer ça alors qu'elle venait de le larguer, c'était pour remuer le couteau dans la plaie ? Lui couper les couilles et les agiter devant lui ? En plus, le message était arrivé à l'approche de dix-huit heures, c'était officiellement la fin de sa journée de travail. Dans son rituel de célibataire, il se servait un verre de pastis à cette heure-là puis préparait sa soirée, qui consistait en général à cuisiner et à se caler devant un film, une série, ou un match de football, confortablement installé dans son canapé. Le week-end, il se rendait chez Mathieu ou d'autres copains pour faire une bouffe, ou regarder le foot à plusieurs. Il aimait ces moments, sauf lors des rencontres entre Marseille et le Stade rennais, qu'ils soutenaient tous. Même si Simon était fier d'être breton, son père, en bon Marseillais, lui avait inculqué la ferveur phocéenne. Ils étaient même allés ensemble au Vélodrome pour voir la grande équipe championne d'Europe de 1993. Un souvenir inoubliable!

La seule autre différence avec ses amis résidait dans le fait qu'il était souvent célibataire alors que la plupart d'entre eux étaient en couple, mariés, avec des enfants... Il sentait qu'il y avait quelque chose qu'il ne partageait pas avec eux dû à son fréquent célibat. Comme si les couples s'entendaient mieux avec d'autres couples. Lors de ses passages occasionnels, Marine s'était timidement intégrée à ce groupe, à pas de velours. Les Bretons étaient certainement trop éloignés de son monde à elle.

Simon regrettait que ce ne soit pas le week-end à ce moment précis. Il aurait tellement aimé être entouré dans ce moment de tristesse. Il ne voulait pas en faire une scène et décida de ne pas demander à Mathieu d'aller boire un verre qui se serait transformé en quinze. Il valait mieux s'en tenir fermement à son rythme pour ne pas souffrir davantage de l'effet que Marine avait provoqué chez lui. Il alla dans la cuisine, sortit son vieux verre estampillé « 51 » qui avait appartenu à ses parents, y mit la dose habituelle de pastis artisanal, d'eau et de glaçons, et s'installa dans le salon. Il déroula son fil Twitter pour y trouver une distraction tout en s'informant. Il était abonné aux comptes de confrères des journaux concurrents, ainsi qu'à ceux de plusieurs collègues de *Ouest-France*. Il apprenait beaucoup de choses sur ce qui se passait dans la région et sur les rouages internes des journaux bretons grâce à eux. Il aimait bien les propos souvent pertinents de Julien François, des infos générales de *Ouest-France* à Vannes, qui commentait de manière très caustique la politique nationale. Il tombait aussi sur l'experte des questions environnementales Mélusine Spaety, qui parlait de sujets qui lui tenaient à cœur. Simon se sentait particulièrement concerné par ces problématiques. Il avait suivi de près l'affaire des algues vertes qui affectaient notamment les plages bretonnes. L'agriculture intensive et l'élevage industriel porcin causaient le rejet de nitrates dans la nature, ce qui engendrait la prolifération de ces plantes toxiques. Simon trouvait déjà qu'en plus de faire souffrir les animaux, l'élevage intensif produisait de la viande de mauvaise qualité. Il était donc assez réceptif aux messages qui pouvaient discréditer les pratiques industrielles de tout genre.

L'esprit légèrement apaisé par son pastaga, il entreprit de cuisiner. Repenser aux algues vertes et à l'élevage l'orienta vers une poêlée de légumes frais et biologiques, qu'il achetait chez un maraîcher du hameau voisin. En guise de féculent, il fit gonfler un peu de semoule, et cuire un œuf pour l'apport protéinique. C'était un réflexe pour lui de manger équilibré. Presque jamais de dessert pour limiter la quantité de sucres, surtout le soir. Alors qu'il allait s'installer pour commencer son dîner, son téléphone vibra. « Maman ». Il décrocha immédiatement sans plus penser à son repas.

— Salut m'man !

— Comment ça va, mon chéri ?

— Oh… ça va ! La mauvaise nouvelle du jour est que c'est fini avec Marine.

— Oh non !

Elle ne s'attarda pas plus. En un an de relation, Marine n'avait rencontré Clémence qu'une seule fois et les deux femmes n'avaient pas semblé avoir grand-chose en commun. Marine était arrivée de Paris à la gare de Rennes, Simon était venu la chercher en voiture et ils en avaient profité pour déjeuner avec sa mère qui vivait dans le quartier Saint-Hélier. Par politesse, elles s'étaient montrées enthousiastes au début du repas, mais l'ambiance s'était progressivement refroidie.

Bien qu'elle déteste être cataloguée, Simon disait de sa mère qu'elle était une *baba cool*. Clémence avait beaucoup voyagé lorsqu'elle était plus jeune. Elle avait même circulé dans des milieux artistiques, puis s'était posée en France après la naissance de Simon. Elle avait trouvé un travail de gestionnaire, puis s'était reconvertie comme sophrologue et naturopathe. Marine avait eu du mal à cacher son manque de foi en l'efficacité de ces pratiques, mais avait eu la décence de garder le mot « charlatanisme » pour une engueulade ultérieure avec Simon. Après la séparation de ses parents, il était devenu très protecteur envers sa mère et refusait qu'on en dise quoi que ce soit de péjoratif. Il ne ratait aucun de leurs rendez-vous téléphoniques hebdomadaires et allait régulièrement chez elle pour manger et passer l'après-midi quand il n'avait pas de vidéo à monter urgemment. À soixante-quatre ans, elle ne montrait pas de signes de vouloir arrêter de travailler, surtout maintenant qu'elle avait retrouvé une voie qui la passionnait.

— Tu dois être triste, mon chéri…

— Plus énervé qu'autre chose, je t'avoue. Je pense qu'elle ne m'a pas tout dit, mais en même temps je ne suis pas sûr d'avoir envie de tout savoir. Enfin, je sais pas…

— C'est dur les relations à distance, tu sais. Déjà que dans un couple il faut faire un effort pour entretenir la flamme, alors à distance c'est encore plus délicat. Maintenant, avec les moyens de communication, ça paraît plus facile de se parler, mais ça ne remplace pas tout.

Elle savait de quoi elle parlait. Le père de Simon avait souvent été aux abonnés absents. Ils vivaient à Marseille, mais Philippe voyageait sans cesse, partout dans le monde. Petit, il était fier de son père, qu'il voyait comme un aventurier tel Indiana Jones ou Tintin. Il partait dans des endroits tellement exotiques qu'ils en étaient presque fantasmagoriques et avait vu les grands animaux d'Afrique, les chutes Victoria, les moudjahidines d'Afghanistan, l'Irak de Saddam Hussein… Il arrivait qu'ils reçoivent à dîner, dans leur appartement de Marseille, des collègues venus des quatre coins du monde. Simon avait été intrigué par ces personnes qui expliquaient leurs coutumes, leurs spécialités culinaires ou leurs dialectes. Il se souvient particulièrement d'une famille bosniaque qui était restée quelques jours chez eux. Ils ne parlaient pas la même langue, mais Simon se rappelle avoir sympathisé avec leur fille Elsa comme seuls les enfants savent faire.

Fils unique avec un père absent, Simon avait dû apprendre à se débrouiller tout seul. Il jouait au foot dans le quartier, parfois avec des copains, parfois en tapant le ballon contre un mur. Il suivait l'OM de près, avait supplié sa mère d'accepter qu'il ait la coupe mulet de Chris Waddle. Comme il était de nature solitaire, ses parents lui avaient offert des livres, des BD, puis une Game Boy et, plus tard, une PlayStation, des pansements sur la plaie béante qu'était le manque d'un père.

Philippe avait travaillé longtemps pour un secteur qui, selon l'adulte qu'était devenu Simon, avait perdu en crédibilité au fil des ans. Les ONG. Il revoyait les saltimbanques dans les rues de Rennes qui te faisaient culpabiliser en te parlant de la sécheresse dans la corne de l'Afrique, t'expliquant que tu pouvais arrêter ça avec un prélèvement automatique de dix euros par mois. Il avait reçu des courriers avec des photos d'enfants faméliques au Yémen, te disant que la petite allait mourir si tu ne donnais pas de l'argent immédiatement. En général, ces courriers arrivaient au moment de Noël, juste quand on allait s'installer à table pour se remplir la panse de foie gras, de chapon et de bûche.

Lors des rares conversations qu'il avait avec son père, il en apprenait davantage : que leur travail sur le terrain était utile, qu'eux seuls savaient organiser des distributions alimentaires à des dizaines de milliers de personnes, qu'ils étaient capables d'apporter de l'eau potable au milieu du désert, d'éliminer des maladies mortelles. Ils faisaient des choses incroyables, mais ces opérations restaient la face immergée de l'iceberg pour le grand public. Ce dernier avait tendance à garder en mémoire les épisodes peu reluisants, comme les détournements de fonds ou les scandales, mais pas les actions de terrain qui sauvaient des vies ou qui allégeaient la souffrance de millions de personnes chaque jour. Simon n'était pas un pro de la com', mais il se demandait s'il n'y avait pas quelque chose à revoir pour redorer un peu leur blason.

Face au silence de Simon, sa mère reprit la conversation.

— Tu veux passer une journée avec moi à Rennes ? Ou je peux venir à La Gacilly, je suis en manque de crèmes !

— Tu as les mêmes produits aux mêmes prix à Rennes, M'man.

— Oui, mais c'est pas pareil quand tu les achètes à la source.

— Bon, si tu veux. C'est une semaine assez calme, tu peux venir dimanche, je pense.

— On ira à *La Mauvaise Graine* ?

— Je sais pas ce que tu lui trouves, à cette crêperie, mais je peux réserver, oui !

Simon n'aimait pas trop s'épancher au téléphone, il préférait les conversations face à face. Clémence le savait et ne s'éternisa pas. Ils se donnèrent rendez-vous pour le week-end. Il mangea son plat froid, regarda un épisode de série et alla passer l'une des dernières nuits de son existence telle qu'il la connaissait.

***

Il savait que c'était beauf, mais il considérait ça comme son péché mignon : en roulant dans le centre-ville de La Gacilly, Simon baissa les vitres avec du métal à fond pour faire peur aux badauds. Cult of Luna venait de sortir un nouveau disque et il se devait de l'écouter à un volume décent après tout. Il trouva une place de stationnement, ce qui n'était pas difficile en dehors de la saison touristique, puis se dirigea vers la rue La Fayette, la plus pittoresque du centre, et passa la porte de *La Mauvaise Graine*, dont la salle était déjà remplie. Sa mère était déjà attablée et scrutait la carte, même si elle prenait toujours la même chose. Elle avait principalement fait la route pour soutenir son fils après sa rupture, mais Clémence avait aussi l'intention de profiter de ses adresses préférées à La Gacilly, en commençant par une galette de sarrasin.

— Tu as fait bonne route ? demanda-t-il en l'embrassant.

— Oui, merci, mon chéri. Comment ça va ?

Elle avait pris son air inquiet en posant la question, il chercha donc à la rassurer tout de suite.

— Ça va ! Je n'ai pas perdu l'appétit, en tout cas.

Ils commandèrent leur galette, du lait ribot et une bouteille de cidre La Ruaudaie, le meilleur du coin. Simon sentait que sa mère attendait qu'il fasse le premier pas pour parler de sa séparation avec Marine. Elle ne voulait pas l'emmener sur ce terrain si c'était uniquement pour remuer le couteau dans la plaie. Il évitait volontairement le sujet, comme un tabou, et privilégiait le moment présent avec sa mère qui lui vouait un amour inconditionnel. Il en avait besoin. Il avait beau avoir près de quarante ans, ça faisait toujours du bien.

— J'ai l'âge que tu avais quand on a quitté Marseille, non ?

Elle ne s'attendait pas à cela. Son regard surpris migra rapidement vers le sol carrelé. Quelque peu agitée, elle joua avec sa serviette en papier.

— Peut-être. Je ne sais plus exactement.

Il sentait qu'elle ne voulait pas aborder le sujet. Elle retrouva très vite sa composition et son sourire.

— C'est de l'histoire ancienne, tout ça !

La serveuse apporta les galettes et ils mangèrent en silence. Ils observaient le même rituel, qui consistait à couper un morceau de galette avant de le tremper dans un petit bol de lait ribot. Simon commençait à s'en vouloir d'avoir soulevé le passé de sa mère dans le but d'éviter d'aborder ses propres souffrances. Il se doutait que ce devait être bien plus douloureux pour elle. Elle n'en avait jamais vraiment parlé, sinon pour dire que son père n'était pas l'homme qu'elle pensait, ou que c'était un salaud, au fond. Simon ne savait pas si elle avait seulement cherché à décrédibiliser Philippe parce qu'elle ne voulait pas lui accorder la moindre légitimité. À moins que ce soit parce qu'elle souhaitait dissuader Simon de renouer un jour avec son père, car elle entendrait parler à nouveau de cet homme, de ce passé, de ses regrets. Elle ne s'était jamais « recasée » depuis sa séparation avec Philippe. Sa mère avait-elle eu d'autres relations sérieuses ? Il n'en avait aucune idée. C'était un sujet qu'ils n'abordaient pas. Elle était seule, point. Il lui avait demandé, des années auparavant, si elle voulait se remettre avec quelqu'un. Elle lui avait répondu de ne pas s'inquiéter pour elle. Il en était resté là.

Soudain, elle se mit à parler.

— C'était compliqué dès le début, avec ton père. Pas au tout début, bien sûr, c'était l'idylle.

Sa crêpe terminée, Simon se vissa dans son siège avec un verre de cidre et écouta. Sa mère avait toute son attention.

— On s'est rencontrés quand je suis entrée à Action internationale, au début des années 1980. J'avais repris mes études de comptabilité et je voulais absolument travailler dans le monde associatif. À l'époque, les employés du siège se comptaient sur les doigts d'une main. Les responsabilités étaient variées, c'est le moins que l'on puisse dire. J'avais été recrutée pour la gestion financière, mais dans la même journée je pouvais acheter les billets d'avion et faire les visas des expatriés, puis préparer un courrier aux donateurs. Philippe, lui, était plus confirmé. Il avait déjà fait des missions à l'international, en tant que logisticien. Pour moi, il était un vrai baroudeur, avec un cœur en or. Ce n'était pas faux, d'ailleurs. À cette époque, les *logs*, comme on les appelait, faisaient de tout, eux aussi. Ils s'occupaient à la fois de la mécanique, des achats, des télécoms, de l'ingénierie… Je me demande si c'est un hasard que l'aide humanitaire soit née en Suisse, comme les couteaux suisses ! C'est exactement ce que nous étions. C'est bien différent, aujourd'hui. Bref… On est tombés amoureux très rapidement et on vivait à deux dans un petit studio à Paris, rue de Passy. Dans les beaux quartiers, t'imagines !

C'est là qu'on trouvait les anciennes chambres de bonnes sous les toits, pas chères. On vivait d'amour et d'eau fraîche, on refaisait le monde tous les soirs en buvant du vin, on dénonçait les injustices de ce monde et on avait un peu l'impression de le sauver.

— Jeunes et cons, dit Simon, avec le sourire.

— Exactement ! Mais ça n'a pas duré longtemps. Action internationale avait besoin d'un *log* et d'un *admin* en Afghanistan. On y a réfléchi, on s'est portés volontaires, et puis on nous a proposé la mission ! En dix jours, il a fallu se préparer et rendre l'appart. Bon, ça, ça a pris moins d'une journée, tellement il était petit ! On a dépensé nos économies *Au vieux campeur*, on a dit au revoir à nos familles et on a pris l'avion pour Peshawar. À l'époque, il n'y avait rien à Kaboul. Il fallait s'approvisionner, recruter au Pakistan et traverser la frontière illégalement. On a retrouvé une équipe médicale dans la vallée du Panshir. C'était la zone du commandant Massoud, qui était un peu le Che Guevara afghan de l'époque. Il se battait contre les Soviétiques qui avaient envahi l'Afghanistan.

— Ça a dû être horrible...

— Tu rigoles ? On a adoré ! D'accord, c'était la guerre et on voyait des horreurs tous les jours, mais il y a des expériences comme ça qui soudent. On n'avait jamais senti une telle motivation pour travailler que dans cette équipe. Aussi bien les expatriés que les Afghans, on se serrait les coudes comme une famille. D'ailleurs, nos collègues panshiris nous recevaient régulièrement chez eux et on a passé des moments incroyables.

— J'avoue que ce serait la classe si tu me disais que j'ai été conçu en Afghanistan !

Clémence rit à gorge déployée, se faisant remarquer de toute la salle du restaurant. Elle s'en aperçut et se fit discrète en prenant une gorgée de cidre.

— Non, tu as été conçu en Thaïlande.

— En Thaïlande ? Mais je ne savais même pas que vous y étiez allés ! C'était pour des vacances ?

— Oh non, c'était bien une autre mission ! Quand on est rentrés d'Afghanistan, on était fatigués, mais grisés de cette expérience si forte. Philippe voulait se rapprocher de sa famille donc il a acheté l'appartement à Marseille et on a vécu là un moment. L'appel de la mission n'a pas tardé à venir. La Birmanie vivait déjà sous la dictature militaire qui est toujours plus ou moins en place aujourd'hui. De nombreux mouvements de rébellion ont fleuri dans le pays. Le plus puissant était le mouvement Karen, dans l'Est. Les combats entre le groupe armé Karen et l'armée birmane ont poussé dix mille personnes à traverser la frontière thaïlandaise du jour au lendemain. Des camps se sont créés, notamment celui de Mae La, où nous avons été amenés à travailler. On est partis tous les deux, la fleur au fusil, en quelque sorte. On venait de vivre une mission extraordinaire dans l'un des pays les plus difficiles, donc on s'est dit que la Thaïlande, ce serait du gâteau. On n'aurait pas pu être plus loin de la réalité. Certes, c'est là que tu as été conçu, mais ça a été la pire expérience de ma vie.

— À ce point-là ?

— Mae Sot, où nous étions basés, c'était un peu comme Peshawar. Une ville de trafic, de crime, de prostitution… Une ville frontière dans le Triangle d'or en quelque sorte. On avait régulièrement droit à des règlements de comptes. Disons que ce n'était pas l'image qu'on se faisait de la Thaïlande ! Avant, j'aimais les chiens, mais les bêtes galeuses qui rôdaient la nuit là-bas m'empêchaient de circuler à pied ou à vélo. On ne sortait jamais le soir sans emporter quelques cailloux dans les poches, pour leur jeter dessus s'ils se montraient menaçants. La nourriture était bonne, mais on a fait très attention à partir du moment où ton père a été très malade pendant un mois.

Simon n'avait jamais entendu cette histoire. Pour une fois qu'elle venait de sa mère, il était tout ouïe.

— En effet, ça a l'air horrible ! Mais l'Afghanistan n'était pas non plus une partie de plaisir, c'était un pays en guerre !

— C'est vrai, mais nous étions entourés de bonnes personnes, honnêtes, avec un code d'honneur. À Mae Sot, ce genre de personnes se comptait sur les doigts de la main. Tu avais les Thaïs qui ne voulaient pas des réfugiés, les espions du régime birman, les trafiquants, les vieux Occidentaux qui cherchaient des jeunes filles, mais pas pour jouer au Scrabble…

— C'est dans ce petit paradis que j'ai été conçu, alors ?

— Eh oui… En plus de ce contexte peu réjouissant, le boulot était vraiment difficile. Il y avait dix mille personnes dans le besoin, réfugiées dans la forêt. On a dû construire les abris, faire venir de l'eau, et tout ça sans la moindre aide. Déjà que les gens du coin avaient des préjugés sur les *farang*[1] à cause des gros dégueulasses qui se tapaient des minettes, alors voir arriver des petits jeunes qui voulaient aider les réfugiés et non les locaux... Surtout moi, avec mes cheveux roses à l'époque !

— Ah oui, tu cherchais un peu !

— Bref, on était très tendus, avec ton père. Philippe fonçait droit vers un burn-out alors que moi, je ne voulais pas prendre de risques pendant la grossesse. Je suis donc partie avant lui. Je suis retournée en France pour accoucher à La Timone et Philippe n'est arrivé que quelques jours avant ta naissance. Je ne me voyais pas enchaîner les missions avec tes petites fesses sur les bras, donc j'ai décidé de rester à la maison pendant que Philippe, lui, continuait à sillonner le monde.

La suite, il la connaissait. Quand Philippe rentrait, ils s'engueulaient. Jusqu'au jour où il était revenu dans un appartement vide. Sa femme et son fils avaient déménagé en Bretagne. Alors Philipe était reparti, on ne sait où.

1. Mot thaï qui désigne les étrangers, les Blancs. Dérivé de « Français ».

22 mai
8 heures

Norah commençait à trouver que le ciel était beaucoup trop rouge. Les cieux des Virunga, qui pouvaient prendre des tons fantastiques au lever et au coucher du soleil, étaient presque menaçants ces jours-ci. Ce n'était pas moche, au contraire. On avait parcouru l'ensemble de la palette de couleur, du bleu au rose clair et au saumon, qui n'étaient pas des nuances fréquentes dans le ciel du Kivu. Elle soupçonnait le Nyiragongo de fomenter un sale coup, mais ils n'avaient reçu aucune alerte ni aucun signalement de la part de l'Observatoire volcanologique de Goma. Il arrivait souvent que le volcan crache davantage de fumée que d'ordinaire, ou qu'il se dote d'une auréole rouge sang teintant l'horizon à la nuit tombée. Ces jours-ci, la couleur perdurait et se remarquait même en journée quand il n'y avait pas trop de nuages en cette fin de saison des pluies. Elle savait que ce n'était pas normal, car elle avait déjà vu ce phénomène.

Norah venait de s'installer dans le Nord-Kivu lors de la dernière éruption du Nyiragongo en 2002. Elle avait vu des quartiers entiers de Goma et des villages alentour complètement ravagés par les coulées de lave. Elle avait vu les corps calcinés de ceux qui avaient été asphyxiés par les gaz. À l'ICPN, il n'y avait plus qu'elle et le comte qui pouvaient témoigner de cette époque. Innocent était encore trop jeune à l'époque pour s'en souvenir.

Ces cadavres lui avaient remémoré de très mauvais souvenirs de son passé. Toutes ces personnes innocentes dont l'existence avait été écourtée, laissées pour compte sur le bord de la route. Des hommes, des femmes, des enfants massacrés sans raison. Cette fois, ce n'était pas la barbarie des hommes, mais la colère de Dieu qui reprenait les siens. À l'époque, elle avait su garder la tête froide et occulter ces images. La naissance d'Innocent l'avait aidée à favoriser la vie, même quand elle était entourée de morts.

Le ciel était écarlate lors de cette éruption meurtrière. Un peu comme celui qu'elle observait maintenant. Lorsqu'elle arriva au bureau, elle demanda à ses collègues s'ils trouvaient le ciel plus rouge que d'habitude. Certains, encore d'humeur festive depuis la veille, ne prirent pas la question au sérieux et lui lancèrent quelques plaisanteries. D'autres semblaient n'en avoir cure, sous prétexte que l'on apercevait souvent une auréole colorée autour du Nyiragongo. Elle n'osa pas déranger le comte pour l'interroger. Il avait beaucoup à faire, entre l'Alliance Virunga et l'exploitation de l'énergie produite naturellement par le parc. Il menait un combat pour lequel il avait failli perdre la vie plus d'une fois, mais il savait ce qu'il faisait. Elle pensa tout de même à demander à Emmeline, qui travaillait à la sécurité de la réserve et plus particulièrement celle du comte, si elle pouvait solliciter l'opinion du patron au détour d'une conversation.

Avant de retrouver les gardiens qui attendaient le briefing quotidien dans la cour, Norah se dirigea vers les locaux du service Habitat, qui concentrait les études et données sur la flore et l'environnement du parc en général. Elle se dit qu'ils devaient peut-être avoir des informations fraîches sur l'état des volcans. Elle alla directement vers le bureau de Jacques, qui était généralement le mieux renseigné de sa bande. Il avait un bureau attitré, un téléphone de fonction, et plusieurs tablettes. Il paramétrait ces dernières pour que des agents puissent mener des sondages auprès des villageois et recueillir automatiquement les réponses, notamment sur leur comportement au sein de la réserve. Jacques enleva ses lunettes en la voyant arriver et la reçut avec le sourire.

— Mama Norah, comment ça va ?

— Je vais bien, Dieu merci. Et toi, papa ? Toujours aussi bien portant !

— J'ai la meilleure cuisinière du monde à la maison, que veux-tu ! répondit-il en se caressant le ventre.

Après quelques questions sur la santé de leurs familles respectives, Norah en vint au fait :

— Papa Jacques, a-t-on reçu des nouvelles de l'Observatoire volcanologique de Goma dernièrement ?

— Pas que je sache, pourquoi ?

— J'ai l'impression que le Nyiragongo est assez actif en ce moment.

— Aux dernières nouvelles, oui, le cratère se remplit, mais cette info, je la tiens de nos gardes qui m'ont rapporté ce qu'ils ont vu sur le terrain, pas de l'observatoire.

— De quand datent tes dernières données ?

— Eh, Mama, entre les coupures d'Internet et le manque de compétence de l'Observatoire, nous avons la chance d'avoir un rapport tous les ans !

— Le manque de compétence ? Je croyais qu'ils étaient généreusement financés depuis 2002...

Jacques la regarda avec une expression de dépit et haussa les épaules. C'était une habitude au Congo : malgré les milliards de dollars des Nations unies ou de la Banque mondiale, le gouvernement n'arrivait pas à endiguer la corruption qui freinait le fonctionnement de ses institutions. Norah se dit toutefois qu'il y avait peut-être quelque chose à apprendre grâce à Jacques, car il avait généralement un très bon réseau d'informateurs et pouvait mener une enquête.

— Papa Jacques, cela rassurerait ma vieille carcasse si on pouvait en savoir plus sur le Nyiragongo. Si nous ne sommes pas en mesure de compter sur l'Observatoire, nous pouvons peut-être obtenir des informations nous-mêmes ? Je ne peux imaginer une personne mieux placée que toi pour me trouver ça.

— C'est entendu, Mama. Je vais passer quelques coups de fil.

Ils se saluèrent et Norah se dirigea vers la cour. Une dizaine de gardes, dont Innocent, s'y étaient regroupés et discutaient. En général, la politique était leur thème de prédilection. Certains d'entre eux étaient même très engagés, ils manifestaient ou exprimaient leurs opinions lors de leurs bavardages dans les moments de répit. Le sujet chaud du moment était la « balkanisation » du Congo : le Rwanda chercherait à annexer les Kivus, et peut-être même une partie plus large de l'est du pays. Cette théorie du complot inquiétante était alimentée par les tensions intercommunautaires, notamment à l'égard des Banyamulenges, les Rwandophones qui s'étaient réfugiés au Congo dès le XIXe siècle. Le nom était resté pour tous ceux qui étaient arrivés plus tard, comme Norah et Innocent. Elle n'aimait pas du tout ce débat qui avait pour elle un sentiment de déjà-vu. Heureusement, elle n'avait pas décelé parmi les rangs des gardiens une quelconque adhésion à cette idéologie, mais elle était au cœur de toutes les conversations et faisait l'objet de très nombreuses fausses informations sur les réseaux sociaux. Elle tentait de ne pas laisser Innocent se mêler de ces histoires de politique qui n'apporteraient que le malheur.

Le thème du jour concernait l'annulation, par le président Tshisekedi, de la proclamation de la commune de Minembwe. Ce regroupement purement administratif de villages, peuplés notamment de Banyamulenge, aurait ravivé les rumeurs absurdes d'une annexion de territoires congolais par le Rwanda. Comme tout son entourage, Norah était abonnée à plusieurs fils WhatsApp avec des informations plus ou moins fiables, et le déferlement actuel du sujet de la balkanisation la gênait particulièrement.

Norah interrompit les discussions qui semblaient se dérouler dans le calme et débuta son briefing. À l'aide d'un bâton, elle traça grossièrement dans le sable le secteur où les gardiens avaient patrouillé la veille. Ils se rapprochèrent de son ébauche d'un mètre carré. Dans le coin supérieur gauche, elle tenta de représenter deux oreilles et une trompe pour désigner la zone peuplée par les éléphants de savane récemment réintroduits dans le parc. Face aux moqueries sur ses talents de dessinatrice, auxquelles Innocent participait gaiement, elle effaça son croquis et écrivit tout simplement *Tembo*[1]. Elle gratifia ses collègues d'une petite pique en riant, les menaçant d'une mission de plusieurs semaines dans la brousse s'ils continuaient à exprimer autant de mépris pour ses cartes. Le silence qui suivit lui permit de terminer son topo pour cette mission de routine : une patrouille dans un secteur non loin des éléphants, pour observer d'éventuelles traces de comportement anormal. La réintroduction de ces grands mammifères depuis l'Ouganda était un événement et ils se devaient de les surveiller de près. Les gardiens vérifièrent une dernière fois qu'ils avaient bien le matériel nécessaire, notamment les radios et les armes à feu, et ils partirent dans deux Land Cruiser pour la journée. Norah dirigea son attention vers Innocent, mais elle savait qu'il avait horreur de faire l'objet d'un traitement particulier parce qu'il était le fils de la cheffe. Elle ne lui fit pas signe et se contenta de le regarder s'éloigner dans le convoi.

1. « Éléphant » en swahili.

En retournant à son bureau, Norah croisa Jacques. Son expression était on ne peut plus sérieuse.

— Mama Norah, je te confirme que nous n'avons rien reçu de la part de l'Observatoire depuis sept mois.

— Tu m'as dit tout à l'heure que ce n'était pas étonnant.

— Étonnant, non, mais tout de même anormal ! J'ai appelé un contact chez eux et il m'a annoncé que la situation est pour le moins inquiétante. De nombreux salariés de l'observatoire ont été licenciés l'année passée par manque de financement. Ils n'avaient plus de carburant pour se rendre sur le terrain, ils n'avaient même pas de connexion internet pour envoyer leurs rapports ces six derniers mois.

— Mais pourquoi ?

— La fameuse dotation d'un million de dollars de la Banque mondiale, elle n'a jamais été versée. Les responsables de l'OVG n'ont jamais été en mesure de fournir leur feuille de route, donc l'argent n'est jamais arrivé.

— Donc ils ne font rien depuis des mois ?

Jacques ne put retenir une moue de dépit. C'était toujours la même rengaine. Beaucoup d'institutions ne tournaient que grâce aux employés engagés qui travaillaient sans être rémunérés. Et après on s'étonnait que la corruption soit si répandue...

— Tu veux dire qu'on n'a aucune idée de la situation du Nyiragongo ?

— Si... Ils n'ont pas de connexion Internet, mais certains rédigeaient quand même leur compte rendu et le faisaient circuler sur clé USB. Depuis un mois seulement, ils ont trouvé un mécène américain qui paie leur facture internet. Mon contact a enfin réussi à m'envoyer un extrait du dernier rapport.

Ils allèrent dans le bureau de Jacques et s'assirent devant son ordinateur. Ils n'avaient que quelques pages du rapport mensuel, mais assez de données pour juger que la situation était dangereuse. Le cratère était rempli à ras bord de magma. En comparant avec les comptes rendus précédents, datant de plus de six mois, la courbe de progression était faramineuse et ne ralentissait pas. Un écoulement de lave était inévitable, et personne n'était au courant.

22 mai
9 heures

Simon revit sa définition du terme voyage après avoir posé le pied à Goma. Il se dit que le voyage, on croyait l'expérimenter quand on était complètement dépaysé alors que tout était familier. Une rue était une rue, une voiture était une voiture, un immeuble restait un immeuble. Ce devait être l'uniformisation des cultures occidentales qui faisait qu'on se sentait à l'aise dans de nombreux endroits du monde. On pouvait boire une India Pale Ale à Londres, Los Angeles ou Melbourne, en discutant du dernier disque de Beyoncé ou de la finale de l'open de tennis. Et pourtant, on avait l'impression de voyager. Ici, au Congo, il fallait repartir de zéro et se débrouiller. Rien n'avait de sens. Les rues étaient cabossées et l'on ne conduisait pas comme sur le reste du globe. Les voitures roulaient, mais le confort était en option. Sur les marchés, des commerçants vendaient des biens à des acheteurs, mais cela se passait sur la terre battue, avec des poissons à même le sol.

Les enfants défiaient les lois de la gravité en chargeant des quantités inimaginables de marchandises sur des espèces de longues trottinettes en bois qu'ils poussaient d'un quartier à l'autre. Les habitants de Goma paraissaient bizarrement détendus, ils vaquaient à leurs occupations. Les grands restaurants au bord des avenues étaient remplis, la musique jouait très fort en pleine journée, on regardait les matchs de football anglais ou espagnol. La couleur du ciel semblait n'inquiéter personne.

Il se souvint des conditions lunaires qui l'avaient amené là, en à peine vingt-quatre heures. À deux heures du matin, il avait reçu un appel d'un numéro inconnu.

— All… Hmmm… Allô ?

— Bonjour Simon, désolé pour l'appel tardif. C'est Marie à Rennes. On m'a dit de vous téléphoner au sujet du volcan.

— Quoi ? Quel volcan ?

— Celui qui entre en éruption en Afrique et qui menace une grande ville.

— D'accord, mais vous vous êtes trompés, je ne suis pas des *infos géné*. Je suis localier à la rédaction isolée de La Gacilly.

— Normalement, on ne couvrirait pas cette info, mais y a des pompiers de votre secteur qui vont partir là-bas avec Pompiers solidaires. Ils anticipent, au cas où ça détruirait la ville. On m'a dit que vous faisiez de la vidéo, du drone, tout ça… Vous avez bien un passeport ?

— Oui, j'ai un passep… Attendez, vous voulez que j'aille en Afrique ?

— Oui, et tout de suite. Vous n'en avez jamais rêvé ?

— Pas vraiment, non… Mais c'est impossible, j'ai des rendez-vous aujourd'hui, et des pages à remplir ce week-end.

— On envoie un jeune vous remplacer, ça lui fera de l'expérience terrain. On a besoin de vous là-bas, maintenant. Vous avez rendez-vous pour un visa d'urgence au consulat de la République démocratique du Congo à Paris en début d'après-midi. Votre vol décolle dans la soirée pour Addis-Abeba, puis Goma. Enfin, si les avions veulent bien atterrir avec ce volcan à côté !

— Goma ? Le Congo ? Mais je ne sais même pas les situer sur une carte !

— Vous réviserez votre géographie comme ça. Allez, vous devriez vous préparer. Je vous transmets tout par mail. Gardez bien les factures et les cartes d'embarquement, hein ! Allez, bon voyage et envoyez-nous de belles images !

Lorsqu'il avait raccroché, Simon avait regardé sa boîte mail sur son téléphone. En effet, il avait reçu plusieurs messages de cette Marie du bureau de *Ouest-France* à Rennes. Il avait ensuite ouvert l'application du journal *Le Monde*, mais elle ne présentait qu'une alerte avec peu d'informations. Effectivement, le Nyiragongo entrait en éruption. L'appli *Ouest-France* ne lui en avait guère appris plus. Ils reprenaient tous la même dépêche de l'Agence France Presse qui rappelait que la dernière éruption, en 2002, avait fait 250 morts. Le Nyiragongo était particulièrement dangereux, non seulement parce qu'il se situait à côté d'une ville de deux millions d'habitants, mais de plus cette ville était bordée d'un lac dans lequel le volcan injectait des gaz carboniques.

Les séismes engendrés pourraient provoquer une éruption limnique : une évacuation d'assez de gaz pour éliminer la population entière de la ville.

Le seul lien avec lui ? Les pompiers du coin, selon Marie. Il avait alors envoyé un texto à Tugdual en espérant que ça ne le réveille pas. La réponse vint quelques secondes plus tard :

— Eh ouais, mon pote ! On part au Congo ! Ça va être la première opération internationale des pompiers de La Gacilly !

— *Ouest-France* m'envoie pour vous suivre.

— Génial ! On va bien se marrer ! :D

Tugdual et son collègue avec qui ils avaient voyagé avaient été accueillis par un confrère de la brigade des sapeurs-pompiers de l'aéroport international de Goma. Simon avait été surpris, mais rassuré, de voir, dans le tohu-bohu du hall des arrivées, un homme d'une quarantaine d'années, en bras de chemise, portant une pancarte avec le logo *Ouest-France*. L'homme se présenta : Pacifique, journaliste et fixeur, qui allait lui servir de guide et de traducteur en cas de besoin. Il l'avait mené au parking, relativement petit pour un aéroport international, où ils montèrent dans un 4x4 cabossé qui avait l'air d'avoir fait trois fois le tour du monde. Sur le tableau de bord : une simple pancarte en bois sur laquelle on avait écrit au marqueur PRESSE. Ils sortirent de l'enceinte murée de l'aéroport, qui était aussi la base militaire des Casques bleus de la Mission de stabilisation du Congo, la MONUSCO.

Alors qu'il le conduisait à l'hôtel Nyumbani à l'autre bout de la ville, Pacifique raconta à Simon qu'il était le correspondant dans l'est du Congo pour plusieurs médias congolais et français, principalement RFI. Il allait travailler à ses côtés sur l'éruption. Simon observa que la vie quotidienne semblait peu bouleversée par la nouvelle d'une catastrophe naturelle aux portes de la ville.

— Ici, des tremblements de terre et des coulées, il y en a régulièrement. Nous savons que celle-ci est très dangereuse, mais tant que la radio n'annonce pas l'évacuation, tout le monde va continuer à travailler.

— C'est la radio, le média de référence ?

— Oui, nous avons des chaînes de télévision, des sites web d'actualité et les gens utilisent beaucoup WhatsApp aussi pour suivre des fils d'info, mais ils sont tous vérolés de *fake news*. Le Congo, c'est le pays de la rumeur !

Pacifique rit en évoquant les thèses farfelues qui avaient circulé pendant la pandémie de Covid-19 : c'était une maladie importée par les Blancs, et les Américains avaient programmé les vaccins pour stériliser les femmes et, ainsi, éradiquer la population africaine dans le but de mettre la main sur ses ressources. Simon sourit en se souvenant des théories propagées en France. Il s'était découvert une passion en regardant des vidéos de complotistes qui faisaient des liens alambiqués avec les Illuminati, la conspiration juive ou la 5G. Comme quoi, c'était pareil dans le monde entier. Il existait partout des parasites qui cherchaient à gagner de l'influence ou de l'argent en répandant des absurdités nuisibles au plus grand nombre.

Pacifique annonça qu'ils parvenaient à l'hôtel au moment où ils franchissaient le rond-point Mamadou-Ndala, qui n'avait pas grand-chose à envier à celui de l'Étoile à Paris. À part l'Arc de Triomphe, peut-être. Goma semblait maîtriser le chaos urbain, mais ils n'avaient peut-être pas encore appris l'existence des doubles ronds-points, la fierté de Nantes en matière de zizanie automobile. Si le Congo est le pays de la rumeur, il valait mieux ne pas évoquer cette invention en public, au cas où cela arriverait jusqu'aux oreilles du génie civil congolais et lui donnerait des idées.

Parvenus devant le Nyumbani Lodge, ils se mirent d'accord pour se retrouver une demi-heure plus tard à la réception, le temps pour Simon de prendre une douche, se changer et organiser son matériel. Pacifique remit à Simon une enveloppe assez épaisse avec ses autorisations de tournage, son accréditation au Parc national des Virunga, dans lequel se trouvait le volcan, ainsi qu'un téléphone mobile d'une autre époque, à touches.

— Il a un numéro congolais, ce sera plus pratique pour passer des appels !

Il franchit le portail de l'hôtel et fut surpris de traverser un très beau jardin de cocotiers et de bananiers bordant une terrasse couverte de bambou qui servait de salle de restaurant. Il se dirigea vers la réception, obtint la clé de sa chambre à l'étage et alla poser ses valises sur le lit. Il avait voyagé pendant vingt-quatre heures et avait très peu dormi. C'était encore le matin, il ne fallait surtout pas s'allonger au risque de s'endormir. Une bonne douche allait devoir le réveiller.

Il descendit vingt minutes plus tard avec le sac de sa caméra et la housse de son drone, espérant pouvoir boire un café. Pacifique l'attendait déjà.

— J'ai le temps pour un café ?

Pacifique hocha la tête en souriant, cachant à peine son impatience. Simon commanda rapidement et s'aperçut ensuite qu'il n'avait pas de quoi payer.

— Ils ne prennent pas les euros, je suppose ?

— Non, francs congolais ou dollars. Mais je te l'offre, ne t'inquiète pas.

Se disant qu'il allait devoir retirer ou changer de l'argent, Simon avala son café très corsé. Parfait. Ils retournèrent au 4x4 et partirent en direction du bureau du parc national des Virunga, dans la petite ville de Kibati, à l'extérieur de Goma. Ils avaient rendez-vous avec les équipes de l'Institut congolais pour la préservation de la nature, l'ICPN, pour entrer dans la réserve où se trouvait le volcan. La moiteur de la fin de saison des pluies rendait déjà obsolète la douche qu'il avait prise dix minutes avant, mais Simon se sentait davantage d'attaque pour réaliser un reportage que lorsqu'il était descendu de l'avion.

Pacifique lui résuma ce qu'il savait de l'histoire des Virunga dès qu'ils furent sur la route. Créé par les Belges dans les années 1920, ce qui en faisait le plus ancien du continent africain, le parc national avait connu plusieurs phases de développement puis d'abandon. Dans les années 1970, le général Mobutu en avait fait un symbole national dans son effort de *zaïrianiser* le pays afin de l'affranchir de toute influence étrangère.

Après la chute de Mobutu, à la fin des années 1990, la réserve était devenue une zone de non-droit où même certains gardiens s'adonnaient au braconnage pour joindre les deux bouts. La présence de groupes armés était depuis une constante. De plus, au cours des dix dernières années, des conflits avec des entreprises pétrolières souhaitant exploiter les richesses enfouies n'avaient pas cessé d'émerger. Depuis la nomination du comte Geoffrey de Clair à la tête du parc, une meilleure gestion des ressources avait réduit quelque peu les pertes en animaux sauvages comme les éléphants ou les gorilles. Cependant, les nombreux groupes armés qui se réfugiaient dans le parc faisaient parfois des victimes au sein de son équipe de 680 gardiens.

— J'imagine que 680 gardiens, ce n'est pas beaucoup par rapport à la surface de la réserve ?

— Tout à fait ! La superficie est estimée à 7 800 kilomètres carrés.

— C'est plus grand que le Morbihan !

Le regard intrigué de Pacifique trahit son manque de connaissances sur la Bretagne. Simon se garda d'improviser un cours sur la géographie de sa région et l'invita à poursuivre.

— Mais qui sont ces groupes armés ? Qu'est-ce qu'ils veulent ?

— Il y en a tellement que le gouvernement vient d'annoncer l'état d'urgence pour lutter contre eux ! La Mission de Stabilisation n'y peut rien, à part peut-être les dissuader de mener trop d'actions violentes. On parle de 260 groupes dans tout l'est du Congo, et une centaine rien que dans les deux provinces du Nord- et Sud-Kivu.

— Quels sont les principaux ?

— On peut citer les Forces démocratiques de libération du Rwanda, des Hutus qui veulent reprendre le pouvoir au Rwanda, ou les rebelles du M23, qui avaient conquis une partie du territoire en 2012. Aujourd'hui, on dit qu'ils défendent les intérêts rwandais au Congo, notamment l'exploitation de mines.

— Tu parles beaucoup des Rwandais, on dirait qu'ils sont présents partout.

— Disons qu'ils sont exportateurs de diamants alors qu'ils n'ont pas une seule mine ! À ton avis, elles sont où, les mines ?

— Donc les ressources naturelles sont au cœur de toutes les tensions ?

— Oui, la plupart du temps. La politique, c'est du show-business. Le nerf de la guerre, il est dans les richesses.

— Je crois que je commence à comprendre.

— Eeeeeh ! rit Pacifique. Nous avons un dicton ici : le jour où tu penses avoir compris le Congo, c'est que tu n'as rien compris au Congo !

22 mai
9 h 34

Norah se rendit au poste de communication afin d'essayer de joindre Innocent et ses collègues, envoyés dans le secteur des éléphants. Comme le réseau téléphonique était inexistant dans une grande partie du parc, il fallait communiquer par radio haute fréquence. Après plusieurs tentatives infructueuses, l'opérateur conclut qu'ils devaient être hors de portée et essaya d'appeler sur le téléphone satellite que les équipes utilisaient pour les urgences. Cependant, ils devaient déjà être au plus profond de la jungle, car le signal ne passait pas. Norah se dit alors qu'ils étaient probablement encore sur la route, et demanda à l'opérateur de les contacter par la radio du véhicule, qui captait mieux que les combinés portatifs.

Lorsqu'elle parvint enfin à joindre Innocent, elle l'invita à basculer sur une autre fréquence à l'aide du code phonétique. C'était une mesure de sécurité, au cas où des oreilles indiscrètes se trouveraient sur le même canal, ce qui était fort possible dans un parc où la faune incluait également des braconniers et des groupes armés politiques extrêmement dangereux.

Sur le nouveau canal, elle put parler un peu plus librement, mais se garda d'adopter un ton alarmiste. Elle dit à Innocent qu'ils devaient annuler la mission en cours pour une réunion d'urgence à Kibati. Le silence de plusieurs secondes qui suivit laissa deviner que les hommes se questionnaient et ne comprenaient pas le changement subit d'ordres sans explication. Innocent lui répondit formellement :

— Bien reçu, changement de destination. Terminé.

Pour la première fois de la journée, Norah ressentit un grand soulagement. Elle demanda à l'opérateur de garder un lien régulier avec l'équipe puis retourna voir Jacques pour l'informer que les rangers allaient rejoindre Kibati le plus rapidement possible.

Elle appela ensuite Emmeline, qui décrocha presque aussitôt.

— *Jambo, Mama Norah ! Habari ?*

— *Jambo sana, dada.* Tout va bien. Pour ton information, j'ai ordonné à mes hommes d'annuler la mission du jour et de participer à la réunion de coordination d'urgence au pied du Nyiragongo. Je n'aime pas du tout la tête du volcan et l'Observatoire rapporte des signes d'activité renforcée.

— Très bien. J'informe Charlie Victor.

Toute l'équipe faisait référence au comte par son nom de code, au cas où ils seraient sur écoute. « Charlie Victor » pour le comte des Virunga. Il était une cible permanente d'enlèvement pour des groupes armés aussi audacieux qu'impitoyables, qu'ils soient au service d'intérêts étrangers, de compagnies minières, ou de leur propre avarice sanguinaire.

— *Dada*, j'ai un mauvais pressentiment au sujet du volcan. Vous faites attention, vous aussi ?

— Il se passe quelque chose, en tout cas. Charlie Victor enchaîne les appels, mais je ne sais pas si c'est lié. Il parlait d'aller à Kibati pour la réunion de coordination des équipes de secours.

Les deux femmes promirent de se tenir au courant et raccrochèrent. Il était presque l'heure du déjeuner, Norah partit retrouver ses collègues dans le bâtiment qui hébergeait la grande salle où se prenaient les repas collectifs préparés par leurs excellentes cuisinières. Elle entendit des bribes de conversation où il était question de la rougeur du ciel. Certains évoquaient la dernière éruption du Nyiragongo, mais personne n'en avait un souvenir aussi vif que Norah.

En début d'après-midi, elle reçut des nouvelles de son équipe, qui était à quelques encablures de Kibati. Elle eut également un SMS d'Emmeline, qui l'informait que le dysfonctionnement de l'Observatoire prenait de l'ampleur : un député de Goma se serait publiquement exprimé pour s'indigner de la gestion de l'observatoire. Norah se dit que ce devait être de la récupération politique pour discréditer davantage le président Tshisekedi, qui se débrouillait pourtant très bien tout seul pour saper la confiance de la population.

Elle n'aimait pas l'idée d'envoyer ses hommes à Goma pour participer à l'effort collectif en pleine éruption du Nyiragongo, et elle savait que cette crainte était décuplée par la présence de son fils dans l'équipe. Elle était persuadée d'avoir fait ce qu'il fallait en leur ordonnant de se rendre à Kibati pour assister au briefing de cette mission d'évacuation. Elle se sentait surtout coupable de ne pas être aux côtés d'Innocent dans l'une de ses toutes premières missions de terrain. Si elle avait été dans l'action concrète, elle n'aurait pas eu le temps de réfléchir, de culpabiliser et de se remettre en question. Elle n'aurait eu qu'à sauter au bas de ce satané volcan pour sauver un maximum de personnes, quitte à y laisser la vie. Sauf qu'elle se trouvait à Rumangabo, qui était sur l'autre flanc du volcan. Il aurait été suicidaire de tenter de les rejoindre à présent. Elle avait échangé des SMS avec Emmeline pour garder des nouvelles des autres groupes et du comte. Ils avaient bien participé au briefing de toutes les équipes de secours locales. Parmi eux, il y avait même des pompiers étrangers venus prêter main-forte, lui avait appris Emmeline.

Dans la cour d'enceinte de l'Institut, elle faisait les cent pas. Elle regarda le ciel rouge, mais n'y trouva pas de réponse. Comment pouvait-on savoir si le Nyiragongo allait se calmer ou déchaîner toute sa haine sur le parc, sur Goma, sur le lac Kivu rempli de gaz ? Elle pensa à Innocent et espérait qu'il ne prendrait pas de risques. Les messages qu'elle lui avait envoyés restaient sans réponse.

Une première réponse à ses questions se manifesta soudain. Sous ses pieds, elle sentit une vibration, un tremblement, accompagné d'un vrombissement. Scrutant les alentours, elle vit ses collègues se regarder, attendant de comprendre ce qui se passait. Ils ressentaient tous la même chose : le sol oscillait, les cailloux sautillaient, la poussière formait des nuages. Un grondement commençait à monter. Elle resta un instant pétrifiée, puis courut vers le bâtiment et cria :

— Sortez tous ! Tout le monde dans la cour !

On l'avait entendue. Les employés sortirent tour à tour et se regroupèrent le plus loin possible des bâtisses. Ils avaient tous déjà expérimenté un tremblement de terre, ils savaient tous qu'ils devaient se mettre à découvert. Dans cette partie du globe, c'était enseigné dans la même classe que la prévention routière ou le lavage des mains. C'était un réflexe.

Le grondement fit place à un son sourd, de plus en plus fort. Les bâtiments bougeaient, désormais. Les employés s'étaient couchés à terre et se couvraient la tête de leurs mains. Les vibrations s'intensifièrent, faisant glisser les corps des uns et des autres sur le sol. Plusieurs secondes défilèrent, très lentement, où plus personne n'avait de contrôle sur la situation. Ils s'en remettaient aux cieux.

Puis une accalmie. Quasi imperceptible, mais le grondement cessa un court instant.

Alors, une explosion retentit, un fracas énorme tonna sous terre, dans l'air, surprenant tout le monde, créant un mouvement de panique. On cria, on pleura. La secousse sismique se répercuta longtemps, de la plante des pieds jusqu'au sommet du crâne de tous ceux qui étaient présents dans la cour. Les tremblements reprirent. Le ciel s'ouvrit devant eux. Toujours aussi rouge, il s'éclaircit à vue d'œil. Norah se leva doucement et regarda en direction du Nyiragongo. On percevait bien le bord incandescent du cratère, prêt à recracher toute sa lave. Un trou de lumière venait également de se former dans le flanc de la montagne. Le séisme avait percé le volcan, des gaz de soufre et de dioxyde de carbone s'échappaient de sa surface. La lave allait couler et engloutir tout ce qui serait sur son passage. Elle pensa à son équipe de rangers, au village de Kibati en dessous, aux deux millions d'habitants de la ville de Goma, mais elle pensa surtout à son fils.

22 mai
10 h 12

Plus ils s'approchaient du volcan, plus le ciel rougeoyait. Ils avaient dépassé Kanyanza, et le Nyiragongo se dessinait de plus en plus clairement au loin. Au sommet : un cratère habituellement vide dont émanaient de temps à autre des gaz. Ce jour-là, il s'était transformé en un véritable lac de flammes dont l'aura s'étendait à des kilomètres. L'immensité de la montagne de feu n'en était que plus impressionnante avec les deux coulées de lave qui commençaient à descendre sur les flancs, ondulant comme des serpents. Pensant pour la deuxième fois de la semaine au *Seigneur des Anneaux*, Simon se voyait entrer dans le Mordor.

Ils avaient croisé des personnes qui marchaient sur les routes avec des baluchons, tels des réfugiés, en direction de Goma. On avait estimé que la coulée du flanc nord-est allait se diriger vers la ville au sud, mais la route était le seul moyen de la contourner. Soit on devait tenter sa chance à Goma, soit on devait bifurquer avant l'aéroport, prendre la route de Sake et affronter plusieurs jours de marche supplémentaires. L'autre échappatoire était vers Rutshuru, au nord.

Simon ouvrit la fenêtre côté passager, le temps de sentir l'atmosphère. Pacifique lui dit de ne pas la laisser ouverte trop longtemps en raison des poussières volcaniques et des gaz toxiques. La lourdeur ambiante rendait l'air plus difficile à respirer, donc il la referma, préférant l'odeur de cambouis du 4x4. Plus ils avançaient, plus la lumière devenait teintée de cette aura infernale.

Ils avaient rendez-vous avec Tugdual, les pompiers congolais et les gardiens des Virunga dans le bureau de l'Institut à Kibati. Le village au pied du volcan était en première ligne et directement menacé par la coulée. Lorsqu'ils arrivèrent, plusieurs camions-citernes étaient garés autour du bureau et l'on s'affairait dans tous les sens. Il y avait également des soldats de l'armée nationale, qui orientaient les villageois de manière vigoureuse vers la route.

Pacifique et Simon entrèrent dans l'enceinte de l'ICPN et virent encore plus de camions, de voitures, de motos, ainsi qu'un groupe d'une centaine de personnes debout en rond, avec des uniformes de toutes les couleurs, qui participaient à un briefing. Ils se joignirent au groupe où ils trouvèrent Tugdual et Patrick, l'autre pompier breton, qui étaient déjà en tenue. Les autres étaient majoritairement des pompiers congolais, des employés de l'Institut en uniforme de gardien ou en gilet de visibilité, ainsi que des soldats de l'armée nationale. L'homme qui menait le briefing à côté d'un gradé militaire était un petit Occidental brun au visage encore jeune malgré sa cinquantaine d'années. Il parlait français avec un léger accent britannique. En murmurant pour ne pas déranger la réunion, Simon demanda à Pacifique qui c'était.

— C'est le comte Geoffrey de Clair, directeur du parc des Virunga !

— C'est un comte ?

— Oui, je ne sais pas s'il en a réellement le titre, mais il est issu d'une famille noble belge.

— Belge ? Il a un accent anglais.

— Je crois qu'il a étudié l'anthropologie et la primatologie à Oxford, mais il a toujours vécu en Afrique. Cela fait vingt-cinq ans qu'il est ici. Il est très apprécié pour son engagement sans faille pour la cause du parc. Il a failli être assassiné plusieurs fois car il a une fâcheuse tendance à se mettre en travers du chemin de personnes peu recommandables, comme les braconniers, les groupes armés ou les entreprises minières sans scrupules.

Quelque peu impressionné, Simon écouta le briefing avec plus d'attention. Dans un discours assez habité et engagé, Geoffrey de Clair exhortait ses équipes à tout faire pour protéger les leurs, mais aussi à garantir la sécurité des espèces menacées par les coulées de lave. Il parlait aussi d'installations que certains membres de l'équipe devaient protéger, avec une protection supplémentaire de l'armée.

— C'est quoi, ces installations, dont il parle ? demanda Simon en se tournant vers Pacifique.

— C'est l'initiative Alliance Virunga. Certains habitants des alentours du parc venaient chercher du bois pour se chauffer, mais c'est illégal dans un parc national, donc ils se sont constitués en groupes armés pour se défendre des gardiens. Au lieu de les chasser, l'Alliance produit de l'énergie hydraulique avec les ressources du parc et en fait profiter tout le monde. En plus, ils proposent à ces personnes armées de les employer pour faire fonctionner le réseau et l'entretenir.

Simon sortit son téléphone et commença à filmer le briefing, une fois que Pacifique eut donné son approbation. Il n'avait pas le temps de sortir sa caméra donc il fit quelques images à la hâte. Il ne se sentait pas très à l'aise en présence des militaires et des gardiens armés, mais ceux-ci ne semblaient pas troublés par sa présence.

Après un partage des tâches entre les différentes instances présentes dans ce groupe d'intervention, le groupe se dispersa dans tous les sens. Les soldats organisèrent un briefing restreint avec les équipes dédiées à l'énergie, les pompiers congolais et français se retrouvèrent de leur côté.

Geoffrey de Clair, pendant ce temps, se dirigeait vers le parc des véhicules en discutant avec une de ses lieutenantes. Simon se précipita à sa suite.

— Monsieur de Clair ?

Le comte se retourna. Il avait un regard à la fois grave et agréable. La femme en uniforme à côté de lui, plus grande que son chef, regardait Simon avec méfiance.

— Je suis un envoyé spécial pour le journal *Ouest-France*, je couvre le soutien apporté par les pompiers français.

— Soyez le bienvenu. Vos amis ont du travail, comme nous tous ici.

— Oui, je vais les accompagner tout au long de leur mission. Il serait de meilleur ton de citer tous les acteurs qui travaillent avec eux sur cette réponse. Est-ce que je pourrais vous poser quelques questions ?

— Ce n'est pas à moi de parler, mais à mes collègues sur le terrain. On vient de les missionner pour aider les opérations d'évacuation à Goma. Demandez à toute personne qui porte l'uniforme de l'ICPN et vous aurez toutes vos réponses. Je ne suis qu'un simple facilitateur. De plus, j'ai une urgence. Le temps que l'armée se mobilise, je peux effectuer une bonne reconnaissance aérienne sur le volcan.

— Aérienne ? Vous avec un hélicoptère ?

— Pas exactement.

De Clair sourit et s'éloigna avec l'amazone qui devait être son garde du corps. Il sortit de l'enceinte par une porte dérobée gardée par un autre homme en uniforme de l'ICPN. Simon les suivit et, voyant que le gardien ne s'interposait pas, il sortit avec eux. Derrière l'enceinte se trouvait un grand terrain vague plat sur lequel était posé un drôle d'engin volant : un ULM pendulaire. Simon observa Geoffrey de Clair effectuer quelques vérifications et monter avec sa lieutenante dans l'engin. Après une centaine de mètres de lancée, le comte volant s'éloigna dans le ciel rouge, en direction de la fournaise à 3 500 mètres d'altitude.

22 mai
10 h 50

Le réseau téléphonique ne fonctionnant pas au niveau du volcan, Norah savait qu'elle perdrait également contact avec Emmeline le temps de leur reconnaissance. Célestin, l'opérateur radio, essayait néanmoins de joindre l'ULM par radio. *Bravo India*, ou la base principale de l'Institut, émit ses appels.

— Bravo India pour Charlie Victor, me recevez-vous ?

En réponse, Célestin ne reçut que du vide. Il retenta plusieurs fois. Norah s'assit à côté de lui à nouveau et accorda toute son attention au haut-parleur installé en face d'eux sur le bureau. Elle ne put s'empêcher de scruter son téléphone régulièrement. Elle attendait aussi des nouvelles d'Innocent, mais celui-ci devait être trop affairé dans la réponse d'urgence. Où était-il, ce garnement ?

Un crépitement. Il se passait quelque chose à la radio. Qui allait se manifester ?

— Charlie Victor pour Bravo India. Je vous reçois 3 sur 5. À vous.

— Bien reçu, Charlie Victor ! Ravi de vous entendre ! Quelle est la météo ? À vous.

Célestin et Norah se regardèrent avec un grand sourire de soulagement. Réussir à établir un contact était déjà une première victoire. La météo, ou plutôt l'analyse de la situation, était le problème suivant.

— Météo dangereuse, la fumée nous empêche de voir. À vous.

— Ne vous approchez pas trop. À vous.

— La coulée semble bien se diriger vers Kibati. D'après la topographie, ça va couler le long de la route jusqu'à l'aéroport, je pense. À vous.

— C'est la seule coulée ou vous en voyez d'autres ? À vous.

— Je ne vois que celle-là pour l'instant. En revanche, je trouve que la coulée prend de la vitesse à une allure folle ! Je n'ai pas les moyens de calculer maintenant, mais à mon avis, ça va toucher Goma dans quelques heures ! Carburant limité, on ne va pas traîner. Terminé.

Ils venaient de recevoir leur affectation. Ils s'étaient redirigés vers Kibati, au sud du volcan, après un appel d'urgence de Bravo India. Sans explications. Innocent avait remarqué que le Nyiragongo manifestait une activité inhabituelle, il s'attendait donc à une mission d'évaluation au cratère. Il était même assez impatient de grimper au sommet et de découvrir enfin le lac de lave en vrai. Il l'avait vu en photo et trouvait ça beau. Sa mère lui parlait de ses pérégrinations là-haut comme si elle avait marché sur la Lune. Il se doutait que c'était très dangereux, mais le fait que des touristes paient des centaines de dollars pour y aller lui faisait croire que ça devait valoir le coup d'œil.

Puisqu'il était assis sur le siège passager du Land Cruiser, il était responsable de la radio. Quand l'appel était entré, émis par sa mère, il avait dû essuyer les moqueries de ses nouveaux collègues, qui le chambraient en le surnommant « le fils à sa maman ». Il avait ri, mais avait aussi senti le besoin de se faire un nom et de se défaire de cette réputation. Il allait devoir faire preuve de bravoure et d'intégrité à toute épreuve. Après tout, cet emploi était une aubaine pour un gamin de la rue comme lui.

Depuis son plus jeune âge, sa mère travaillait loin, dans les parcs. C'est sa grand-mère qui l'avait élevé. Rattrapée par son grand âge, la vieille Gisèle n'arrivait pas à suivre le garçon énergique qu'il était et le laissait vivre sa vie. Très jeune, il traînait dans les rues de Goma et partait souvent des journées entières pour de longues promenades. Il passait devant les restaurants où les bonnes familles s'habillaient élégamment pour sortir, manger de la viande et rire sans s'inquiéter. Il s'était déjà attardé en face des hôtels de luxe au bord du lac, où ces familles fêtaient les mariages en grande pompe. Les femmes portaient des robes assorties, aux pagnes tous plus beaux les uns que les autres, avec des coupes ajustées qui en faisaient des déesses. Les hommes étaient coiffés impeccablement et arboraient un costume trois-pièces et des chaussures qui brillaient tellement qu'on apercevait son reflet dedans. Il s'était vite senti à l'étroit dans la petite maison avec Gisèle. Il avait entendu parler des richesses du monde extérieur. Il les voyait dans les clips de ses chanteurs préférés qui montraient leur opulence avec esbroufe.

Adolescent, il traînait avec ses amis, à l'affût d'une combine, ou, à défaut, d'une aventure avec au moins un sucré à la clé. Ils flânaient sur le port, observant la jeunesse dorée de Goma monter en bateau pour se rendre à Bukavu ou faire la fête sur le lac jusqu'au petit matin. Innocent déambulait parmi eux, les imitant pour se fondre dans la masse. Avec sa gueule d'ange et sa peau claire, les riches le prenaient pour l'un d'entre eux. Il avait même embarqué plusieurs fois et avait passé la nuit à visiter les cabines quand les passagers étaient au bar en train de danser. Une fois de retour au port, ils s'apercevaient que leur portefeuille, leurs bijoux ou carrément une de leurs valises s'étaient volatilisés. Le lendemain matin, Innocent et ses copains se répartissaient le butin.

Dans les années qui ont suivi, Innocent s'était rendu compte qu'il avait un don pour dénicher les choses qui traînaient. D'abord, il avait récupéré des matériaux laissés sur des chantiers. Parfois, il trouvait aussi des outils. Il allait vendre ça dans la rue, près des marchés. Il y avait beaucoup de travaux à Goma, car la ville se développait sans cesse. Il suffisait de localiser les échafaudages, d'attendre que personne ne regarde, puis de se servir. Cela nécessitait un grand sens de l'observation et il pensait avoir découvert sa voie. Il avait même gardé pour lui une vieille brouette repérée sur le bord d'une route. En cours de réhabilitation, elle lui facilitait le transport de sa récolte. Il ne connaissait pas forcément les noms des outils qu'il trouvait et, quand il les revendait, il ne négociait pas longtemps, afin de se débarrasser le plus vite possible de son butin. Les jours où il faisait un bon chiffre, il s'octroyait une bière qu'il buvait seul dans la pénombre des bars du boulevard Kanyamuhanga.

Un soir, Innocent avait croisé Crispin, son ami d'enfance, dans un de ces bars. Ce dernier, toujours aussi costaud, était devenu maçon et gagnait sa vie honnêtement. Il avait insisté pour payer un verre à Innocent et ils avaient refait le monde en enchaînant les Tiger King, ces bières qui donnaient des forces aux hommes. Comme son copain travaillait dans le bâtiment, Innocent lui dit qu'il pouvait trouver des outils et des matériaux à un bon prix. Cela avait intéressé Crispin et ils conclurent quelques affaires dans les semaines qui suivirent. Les choses avaient commencé à se compliquer quand Crispin avait demandé des détails sur ses sources d'approvisionnement et qu'Innocent n'avait pas répondu clairement. Puis le maçon avait entendu parler de vols sur les chantiers et avait vite fait le lien. Innocent n'avait pas su tout de suite qu'il avait été démasqué. Crispin l'avait accusé lors d'une de leurs beuveries devenues régulières et ils en étaient venus aux mains. Conscient de leurs gabarits si différents, Innocent préféra s'échapper le plus rapidement possible. Il sentait qu'il devait quitter Goma. Il avait appelé sa mère en lui demandant s'il pouvait la retrouver à Rumangabo et se mettre au vert quelque temps. Ravie qu'il veuille se rapprocher d'elle, elle avait tout fait pour lui obtenir un poste au parc. Quelques semaines plus tard, il enfilait l'uniforme de ranger de l'ICPN et devenait un Romeo India.

Depuis qu'il travaillait dans les Virunga, il trouvait que les hommes ne faisaient que saccager cette nature et ne méritaient pas de fouler son sol. Que ce soit les groupes armés politiques ou les braconniers, les humains trouvaient toujours le moyen d'asservir la nature au profit de leurs propres intérêts médiocres et cupides. Il avait pourtant connu beaucoup de truands pendant son adolescence. Il savait que la plupart se consacraient à des activités illégales uniquement pour survivre, mais qu'il y avait aussi un bon nombre de salopards parmi eux. Dans le parc, la plupart des braconniers se contentaient de couper du bois dans les réserves forestières pour se chauffer. D'autres alimentaient les marchés noirs du monde entier avec des morceaux d'animaux rares. Ils n'hésitaient pas à massacrer gorilles, éléphants et autres espèces convoitées pour leur fourrure, leur ivoire… tout ce qui rendait ces êtres uniques et nobles. Innocent avait beaucoup appris en côtoyant la faune. On considérait les animaux comme les sauvages alors qu'ils ne faisaient qu'obéir à leurs lois naturelles. Les hommes, en revanche, n'avaient aucun remords, aucune valeur, aucun respect pour autre chose que leur profit personnel.

Les Maï-Maï, soi-disant un groupe d'autodéfense, faisaient la loi sur les mines et autres gisements de ressources nichés dans les recoins du parc. Ils prélevaient des taxes sur les mineurs pour financer leurs armes et ainsi renforcer leur contrôle sur les différentes zones. C'étaient eux, les sauvages, les barbares, manipulés par des hommes plus puissants, dans l'armée, en politique, ou dans les entreprises. C'était une des raisons pour lesquelles le Congo demeurait un pays pauvre et corrompu alors que les sols de son pays étaient truffés des plus grandes richesses du monde. Les compagnies privées étrangères venaient ponctionner les ressources pour les revendre au prix fort. Les téléphones portables du monde entier étaient composés de coltan du Katanga. Innocent avait appris, enfant, que les bombes atomiques larguées par les Américains sur Hiroshima et Nagasaki contenaient de l'uranium congolais.

Le Nyiragongo lui inspirait tout autant de respect que les animaux. Un véritable dragon endormi : avec une gueule de plus d'un kilomètre de diamètre, le volcan abritait le plus grand lac de lave en fusion de la planète. C'est la raison pour laquelle son nom rwandais était *Nina Ongo* : la mer de feu. « Sa Majesté », comme l'appelaient ceux qui vivaient dans son ombre, était vénérée depuis des siècles. On avait cessé depuis belle lurette de sacrifier des vierges en son honneur, mais on lui demandait tout de même de ne pas laisser échapper trop de mauvais esprits. Lors d'une expédition, Innocent avait rencontré un chef clanique, le *mwami* de Munigi, qui lui avait affirmé que si le volcan se réveillait un jour, ce serait pour emporter ses rivaux et ainsi confirmer son autorité incontestable.

Innocent, lui, ne convoitait rien du tout. Tout ce qu'il désirait, c'était faire son travail, qui consistait à protéger le parc. À présent, il devait protéger les habitants du volcan. Le Nyiragongo lui pardonnerait-il ? Les rangers avaient traversé de nombreuses épreuves ensemble, mais celle-ci leur faisait peur. Ils allaient devoir affronter une montagne qui crachait une coulée de lave dans leur direction. Avec la pente, elle pouvait atteindre la vitesse de cent kilomètres à l'heure. Ils ne pourraient répondre à des coulées de lave avec des fusils et ils ne pourraient emprisonner les coupables à la fin de la journée. Ils étaient face aux éléments, à la nature, à Dieu. Ils n'avaient aucune chance.

22 mai
10 h 55

De retour dans l'enceinte de l'Institut, Simon retrouva Tugdual, qui lui résuma le message principal du briefing en un geste. Il pointa du doigt la coulée, qui n'était plus qu'à quelques dizaines de mètres.

— Les rangers sont partis évacuer les quartiers nord de Goma, pendant que l'armée s'occupe des villages plus près de la coulée. Nous, les pompiers, nous ne pourrons rien faire de stratégique ici, on va retourner à Goma pour aider les équipes à évacuer les premiers secteurs touchés et on éteindra les éventuels feux causés par la lave.

Simon craignait pour ses vidéos. S'ils quittaient le pied du volcan, il n'obtiendrait peut-être pas de meilleure opportunité pour filmer de près.

— On peut rester encore un peu? J'ai quelques images à tourner.

— Tu es fou? Dans quelques minutes, ces maisons seront rasées, il faut y aller!

— Je serai venu pour rien si je ne filme pas ça.

— Tu auras aussi de belles images depuis le village voisin, t'inquiète. Allez, on y va !

— Sérieux, Tug, j'en ai pour cinq minutes !

— Cinq minutes, céda Tugdual.

Simon ne se fit pas prier. Il posa son volumineux sac à dos à terre et s'agenouilla. Il ouvrit la fermeture éclair qui faisait le tour et souleva le rabat, révélant le drone et ses accessoires. Il sortit ce qui ressemblait à un joystick de jeu vidéo, sur lequel il fixa son smartphone puis déploya les quatre hélices de l'appareil. Il demanda aux curieux qui l'entouraient de s'écarter et, grâce à sa manette, démarra l'engin. Les hélices se mirent à tourner très vite et l'objet décolla. Fascinés, les pompiers qui se tenaient à côté de lui regardaient son écran comme des enfants. Ils avaient du mal à faire le lien entre le petit hélicoptère et l'écran de téléphone. Les militaires qui restaient dans l'enceinte s'approchèrent en parlant fort. L'un d'entre eux épaula sa kalachnikov, prêt à viser le drone. Pacifique s'interposa, un papier à la main, et parlementa en swahili. Il avait anticipé leur réaction. L'armée n'aimait pas trop les objets volants non identifiés. Simon profita de la diversion pour éloigner son appareil. Il fila le plus vite possible en direction de la coulée, enregistrant chaque seconde du voyage. Il ne connaissait pas la température à laquelle pouvait résister l'engin et ne s'approcha donc pas trop, mais de toute façon il se délectait des images que lui renvoyait son smartphone. En remontant la lave, il en vit quelques détails, quelques mouvements, quelques échappées de gaz. Qu'est-ce que ça va être sur un grand écran ! se dit-il.

Il contrôla le drone pour qu'il prenne de l'altitude et parvint à obtenir un plan large de tout le volcan, puis continua pour aller au plus près du cratère. Il aperçut une tache dans le ciel. C'était l'ULM de Geoffrey de Clair. Il était tenté d'aller lui faire coucou, mais connaissant le danger que représentait la manœuvre et le peu de temps qu'il avait à disposition, il se concentra sur son objectif.

Les cinq minutes étaient écoulées, mais Tugdual regarda l'écran et fut stupéfait lui aussi par les images. Il y avait une petite foule autour de Simon, soldats et pompiers qui assistaient à un film hollywoodien en direct depuis le smartphone qu'il tenait à la main. Il fit grimper progressivement le drone et ils virent enfin le cratère d'au-dessus, avec le lac de lave qui débordait d'un côté et qui avait fissuré le flanc de la montagne. L'énorme coulée se déversait au nord-est puis se redirigeait vers le sud, en direction de leur emplacement exact.

Simon pilotait son drone autour du cratère quand ils entendirent un fort vrombissement. Le son s'amplifiait et le sol commençait à trembler. Les gens près de lui, prostrés, sentaient monter en eux la panique. Les yeux s'écarquillaient, les têtes se tournaient dans tous les sens, mais elles finirent toutes par se poser sur le Nyiragongo.

Une explosion.

Le bruit sourd venant du volcan mit tout le monde à terre par sa seule puissance. La lave giclait du sommet en énormes filets qui se collaient aux flancs de la montagne. Le sol continuait de trembler de plus belle. Simon avait lâché sa manette, mais la retrouva rapidement et regarda l'écran. Le drone était en chute libre au-dessus du magma. Il fit jouer les hélices pour redresser l'appareil, puis enclencha le mode automatique « *Return to Home* » qui lui permettait de revenir à sa base de départ. Heureusement qu'il n'était pas à l'intérieur d'un immeuble, mais au milieu de la cour. Ils étaient en train de subir un séisme et il fallait rester loin des bâtiments, de crainte que ceux-ci ne s'effondrent sur eux. Simon observa autour de lui. Pacifique était allongé au sol, les mains sur le crâne. Tugdual était à genoux. Il regardait Simon de manière agacée. Ils auraient dû être sur la route. Simon tenta de le rassurer.

— Je ramène le drone et on se casse !

Tugdual hocha la tête.

— On doit rallier les premiers quartiers de Goma, on se retrouve là-bas !

Il indiqua le camion-citerne rouge près du portail et partit en sa direction. Le drone revint quelques secondes plus tard, péniblement. Simon rassembla toutes ses affaires, avec l'aide de Pacifique. Celui-ci saisit la housse de l'appareil et ils sautèrent dans le 4x4. Ils suivirent Tugdual, dans le camion de pompiers qui démarra en trombe.

Quand ils sortirent de l'enceinte, ils ne reconnurent pas le village. De nombreuses maisons s'étaient écroulées, le ciel était encore plus rouge sombre et il n'y avait plus personne. Tout le monde avait fui, même l'armée. Au moment où ils quittèrent Kibati, ils virent la lave progresser doucement et commencer à engloutir des petites habitations et provoquer des incendies par-ci, par-là. Le pompier congolais qui conduisait le camion accéléra. Ils retrouvèrent vite des personnes le long des routes. Certains essayaient de s'accrocher au véhicule qui passait. Le chauffeur semblait n'en avoir que faire. Il était investi d'une mission de sauvetage, mais était prêt à rouler sur tous ceux qui l'en empêchaient. Pacifique vit que Simon se demandait ce qui allait arriver à ces personnes.

— L'armée doit s'assurer que personne ne reste derrière.

— Ce village a l'air vide, les habitants ont pu le quitter à temps, on dirait.

Simon avait dit cela pour se rassurer lui-même, mais Pacifique le ramena à la réalité.

— Kibati est sur la route, c'est facile d'évacuer. Il y a des dizaines de villages menacés dans les collines, c'est là que l'armée a du pain sur la planche. Je pense qu'à Mujoga, par exemple, les gens n'ont peut-être pas tous pu partir à temps.

— Les secousses, c'est normal ?

— Si c'est comme la dernière éruption en 2002, ça va précipiter les coulées de lave. Il faudra qu'on s'entretienne avec l'OVG pour en savoir plus.

— C'est quoi, l'OVG ?

— L'Observatoire volcanologique de Goma. Ce sont les experts, ils sont censés surveiller l'activité des volcans. Cette fois-ci, ils n'ont pas donné l'alerte, ils n'ont rien dû voir venir. C'est pour le moins inhabituel.

Simon admirait la capacité de Pacifique à s'exprimer de manière aussi calme et soutenue vu les circonstances. Il portait bien son prénom. Ils roulèrent vite sur une route de campagne non bitumée, et furent secoués dans tous les sens. Ils arrivèrent rapidement au village suivant, Rukoko. L'armée était déjà sur place, en train de forcer les habitants à évacuer, *manu militari*. Certains soldats faisaient même preuve de zèle en poussant les gens violemment, comme à Kibati. Le ciel était devenu aussi rouge ici qu'au pied du volcan.

On n'était plus très loin de Goma. La prochaine étape était Munigi et la base militaire des Casques bleus. Après, c'était la ville et l'aéroport. Le camion de pompiers dans lequel était Tugdual continuait de rouler à un rythme effréné. Ils passèrent les quelques baraques de terre effondrées, les bâtiments fissurés et toujours autant de monde sur les routes. Certains ne prenaient pas la direction de Goma, mais plutôt celle de Sake, au nord-ouest, ce qui était peut-être une meilleure option si la lave devait se diriger vers la grande ville.

Lorsqu'ils arrivèrent dans les faubourgs de Goma, ils eurent la confirmation qu'il était inutile et même encore plus dangereux de se réfugier là.

22 mai
12h45

La journée était déjà bien avancée lorsque l'équipe de huit gardiens atteignit la banlieue nord de Goma. Les secousses avaient réduit de nombreux bâtiments en miettes et des voitures avaient été écrabouillées par des parpaings. Ils ne virent pas de corps, pourtant il y avait des traces de sang par terre. Si des habitants n'avaient pas encore fui, ils seraient faciles à retrouver. Les Romeo India entamèrent leur porte-à-porte. Toutes les maisons étaient endommagées, mais vides, ce qui redonna à Innocent l'espoir qu'ils pourraient accomplir leur mission et retourner à la base sains et saufs. Après avoir inspecté plusieurs rues, ils commençaient à croiser quelques personnes qui se disaient trop fatiguées pour partir, ou des malades qui ne pouvaient pas quitter leur lit. Les rangers les portaient jusqu'aux Land Cruisers, mais ils savaient qu'ils ne pourraient pas emmener beaucoup de gens comme ça.

Innocent était entré dans une énième habitation, pensant qu'elle serait désertée comme les autres, quand il entendit du bruit. Il héla tout en s'approchant, passant de ce qui ressemblait à une pièce de vie à une cuisine, où il trouva une vieille dame assise sur une chaise en plastique cassée. Elle le fusilla du regard.

— Tu es au courant que le volcan est en éruption ? demanda-t-il. Il ne faut pas rester là, Mama, c'est dangereux.

— Ne me dis pas quoi faire, et encore moins de partir de chez moi !

— Mais tu vas mourir si tu restes, Mama ! Le volcan déverse sa colère sur Goma, tu dois partir !

— Qu'il la déverse ! Goma a besoin d'être purifiée ! Les écluses des cieux s'ouvrent et une pluie de lave tombera pendant quarante jours et quarante nuits !

— Qu'est-ce que tu racontes, vieille folle ? Allez, il faut y aller !

— Le Congo est aux mains des envahisseurs comme toi ! Je suis ici chez moi ! Je ne partirai pas ! Je ne me laisserai pas toucher par un Banyamulenge ! Éloigne-toi *mzungu* !

Innocent, lassé de cette tendance qu'avaient les gens à le traiter comme un Blanc, saisit la femme et essaya de la faire sortir, provoquant ses hurlements de fureur et de panique. Bien qu'elle soit très âgée, elle avait réussi, en se débattant, à se libérer de l'étreinte d'Innocent, qui n'insista pas.

— Je te laisse affronter ton destin, vieille bique ! Que le Seigneur ait pitié de toi !

Au moment où il quitta l'habitation, il se rendit compte qu'il était seul dans la rue. L'atmosphère s'était encore davantage alourdie de poussière. La lueur rouge s'assombrissait, baignant Goma dans un crépuscule précoce. Les collègues avaient avancé sans lui. Ils ne disposaient pas d'assez de talkies-walkies pour tout le monde et n'avaient pas eu le temps de faire l'appel à chaque angle. Il pressa le pas puis sortit son téléphone double SIM, mais s'aperçut que les deux réseaux étaient hors service. Il pressa encore plus le pas, serrant son mobile fermement dans sa main. Il puisa toute l'énergie qui lui restait pour rejoindre ses collègues. Il savait qu'il avait perdu de longues minutes à cause de cette vieille femme. Quelques maisons plus loin, il vit une silhouette émerger des décombres. C'était un homme assez costaud qui tenait une barre de fer. Innocent avait pensé que cette mission ne serait pas dangereuse. Craignant de faire peur aux gens s'il se présentait armé tout autant que d'être trop encombré avec son fusil à pompe, il l'avait laissé dans le Land Cruiser. Il héla l'individu qu'il venait d'apercevoir :

— Qu'est-ce que tu fais là ? Il ne faut pas rester. Il faut prendre la route de Sake !

L'arrivant ne répondit pas tout de suite. Un second, puis un troisième homme émergèrent dans la rue. Ça sentait les pillards, des charognards qui se nourrissaient de la souffrance des autres. Innocent regarda son mobile de nouveau. Toujours rien. Attiré par son smartphone, l'un des individus s'approcha et lui sourit à pleines dents tout en tendant la main, comme si l'appareil lui était dû.

— Tu as pris ce téléphone à la femme ?

— Qu'est-ce que tu racontes ? Laisse-moi passer.

— On t'a entendu l'agresser. Ça ne peut être que toi.

Les deux autres avaient aussi avancé de quelques pas dans sa direction. Innocent chercha une issue autour de lui. Celui qui lui avait parlé avait les yeux rouges et un regard de toxicomane.

— Tu lui as fait quoi, à cette pauvre femme ?

— Rien du tout, j'essaie d'évacuer le quartier. Au cas où tu ne l'aurais pas remarqué, le Nyiragongo entre en éruption au-dessus de nos têtes en ce moment même !

— Moi, je l'ai entendue crier, cette femme. Tu lui as pris quoi ?

— Je ne lui ai rien pris, elle ne veut tout simplement pas partir de chez elle.

— Donc tu l'as punie ? Tu l'as battue ?

— Laisse-moi passer, espèce de hyène.

— Tu l'as… violée ?

— Silence, vaurien !

L'homme se mit à rire. Innocent était encerclé. Il n'avait pas d'issue et ne voyait pas les autres rangers. Il se maudit d'être revenu à Goma. Il avait trouvé le bonheur à travailler dans le parc national pour une cause qu'il avait appris à aimer. Il avait suffi qu'il remette les pieds dans cette ville maudite pour se retrouver à nouveau dans le pétrin. Il en avait connu, des individus comme ces trois-là, qui avaient abandonné toute humanité. De véritables morts-vivants qui s'attaquaient aux plus vulnérables. Il avait consacré tellement d'attention à la coulée de lave qu'il n'avait pas vu venir le déferlement de la barbarie humaine. Avec un sourire terrifiant, celui qui semblait être le meneur le montra du doigt pour que ses acolytes le regardent bien sous toutes les coutures.

— Tu ne nous reconnais peut-être pas, mais nous, on sait qui tu es. Tu es un voleur. Un voleur à la peau très claire. On t'a reconnu, Innocent le Banyamulenge ! Tu sais ce qu'on leur fait, ici, aux *mzungus* comme toi ?

22 mai
14h15

Ils étaient passés par là quelques heures auparavant selon Pacifique, mais le paysage ne ressemblait en rien à ce que Simon avait déjà vu. Les routes étaient bloquées par d'immenses gravats qui provenaient des bâtiments écroulés tout autour. Il y avait de la tôle, des briques, du béton, des barres d'acier qui s'amoncelaient de tous les côtés. Certaines personnes erraient parmi les décombres, recouvertes de poussière. Leur maison était en ruines et ils ne savaient peut-être pas encore que la coulée viendrait raser tout ce qui en restait.

Au loin, d'un côté on voyait les vestiges des premiers quartiers de Goma et de l'autre le ciel toujours plus rougeoyant, reflétant la lave que le Nyiragongo crachait sur les collines. Les services de secours, notamment les pompiers déjà sur place, s'affairaient dans tous les sens. On déblayait comme on pouvait en cherchant des victimes sous les décombres. On vérifiait les signes vitaux des personnes inconscientes. On embarquait un maximum de monde dans les rares ambulances collectives qui parvenaient à se frayer un chemin parmi les gravats. Certains sauveteurs hurlaient des consignes dans des mégaphones, invitant ceux qui tenaient debout à se diriger vers la route de Sake et marcher le plus loin possible.

Bien que dévasté par ce qu'il voyait, Simon se mit à filmer. Il se cacha derrière Tugdual, ou l'un de ses confrères, afin de ne pas être trop visible pour les habitants qui venaient de tout perdre et ne souhaitaient probablement pas qu'on les immortalise dans cette condition. Les pompiers bretons et les gradés congolais se concertaient pour coordonner les efforts, mais ils étaient tout aussi actifs que les subalternes. Tugdual expliqua rapidement les opérations à Simon. Les actions USAR, pour Urban Search and Rescue ou Recherche et sauvetage en milieu urbain, consistaient à déblayer et à extraire les victimes. Ici, ils n'avaient pas tous les moyens habituels à disposition comme les drones ou les mini caméras qui pouvaient se faufiler dans les décombres, mais ils avaient des chiens entraînés à repérer des personnes, vivantes ou mortes. Face à l'urgence de retrouver et d'évacuer les rescapés avant l'arrivée de la lave, on se concentrait plutôt sur les vivants. Si l'on trouvait des morts, on les laissait là.

Entouré d'un nuage de poussière, Simon toussa en essayant de protéger son matériel. Il utilisait son reflex, gardant pour l'instant le drone dans son sac à dos. Plus tard, il s'en servirait pour capter une image aérienne de la dévastation. Des gens hurlaient autour de lui et il avait plus envie d'aider que de filmer. Il devait se rappeler qu'il avait été envoyé là pour couvrir la catastrophe, mais maintenant qu'il y était, il ne savait plus ce qu'il foutait là.

Seulement quelques jours auparavant, il bouclait un article sur l'incendie d'une exploitation agricole ou un accident de la route. Il faisait des interviews, écrivait ses papiers et montait ses vidéos. Il connaissait toutes les personnes importantes entre Redon et Ploërmel et il pouvait trouver des sujets à évoquer dans ses pages sur un claquement de doigts. Il n'avait jamais eu l'ambition de prétendre à autre chose. Sauf de couvrir un scoop de temps en temps ou une grosse affaire locale comme les algues vertes ou le *Bugaled Breizh*, ce chalutier qui avait disparu au large du Finistère sans que l'on sache réellement pourquoi.

Désormais, il était dans un autre monde, ce qu'il avait observé l'avait transformé à jamais. Il était au cœur d'un cataclysme dans un contexte de tensions communautaires et politiques où les gens étaient armés. Il n'avait pas pied dans ce bassin et commençait à douter sérieusement de sa capacité à relever ce défi. Aussi enfantin que cela lui paraisse, il avait envie… de rentrer à la maison et de voir sa mère.

Il se ressaisit, prit une profonde respiration et se concentra sur ce qui se passait autour de lui. Alors que les derniers survivants étaient emmenés, on leur signala par radio que la lave venait d'engloutir Rukoko et qu'elle se dirigeait toujours vers Goma. Ils devaient reprendre la route et continuer de progresser. La prochaine étape était l'aéroport international. Heureusement, la coulée attaquerait d'abord le bout de la piste, leur faisant gagner de précieuses minutes pour évacuer les quartiers adjacents. Il était temps de bouger. Simon se dit qu'il sortirait le drone à ce moment-là.

Avant de monter dans le 4x4 de Pacifique, il repéra au loin ce qui ressemblait à une silhouette humaine. Les pompiers avaient fait leur travail, les maîtres-chiens et leurs partenaires canins étaient en train de faire un dernier balayage de Munigi, mais personne ne semblait remarquer cette forme. C'était comme si quelqu'un était appuyé à un lampadaire entouré d'un tas de gravats. L'électricité avait été coupée depuis belle lurette, la forme était donc difficilement discernable dans le brouillard de poussière. Le fantôme adossé au poteau invitait Simon, étrangement attiré, à s'approcher. Avec le ciel rouge et le fond postapocalyptique, la scène lui rappelait la couverture de l'album *Peace Sells But Who's Buying* de Megadeth. Il tentait de quitter sa rêverie en s'avançant vers la forme. Plus il progressait, plus il était certain qu'il s'agissait bien d'un homme.

— Faut y aller, Simon ! appela Tugdual.

Il lui fit signe de la main d'attendre un peu, ce qui agaça de nouveau le pompier. Pacifique comprit qu'il fallait l'inviter à monter en voiture fissa, et rejoignit Simon qui marchait dans les décombres. Il le retrouva alors qu'il se tenait à deux mètres de la silhouette. Ce devait bien être un homme, ou une femme, c'était difficile à dire. Ce qui subsistait était un cadavre calciné, un squelette noir. Seules quelques dents étaient restées blanches. On avait attaché cette personne au lampadaire et on l'avait brûlée. On avait cloué une planche de bois en travers de son torse, dans le sternum. Simon souffla sur la poussière qui recouvrait la planche. Il y avait bien un texte dessus :

BANYAMULENGE – MZUNGU – MWIZI

— Qu'est-ce que ça veut dire ? demanda-t-il à Pacifique.

— Rwandophone, étranger, voleur.

— Un homme d'origine rwandaise, c'est ça ? Il a été brûlé vif parce que c'était un voleur ?

— On dirait bien… Viens, Simon, ne restons pas là.

Simon regarda une dernière fois ce qui subsistait du visage de ce cadavre et le photographia. Cet homme avait probablement une famille. Dans ce pays, il y avait des chances qu'il ait volé parce qu'il était pauvre. Et pour cela, on l'avait lynché. Mais pas seulement pour cela. On l'avait également tué à cause de son origine rwandaise. Simon sentait qu'il se passait dans cette région quelque chose dont on ne parlait pas, mais qui prenait de l'ampleur. Pourtant, ce n'était pas le moment de l'aborder, car il fallait réagir à la menace de destruction totale causée par le volcan. D'ailleurs, au cas où ils l'auraient oublié, le Nyiragongo se rappela à leur souvenir en s'agitant une fois de plus.

22 mai
14h35

La nouvelle secousse les prit de court. Pacifique invita Simon à s'éloigner des tas de gravats et ils se ruèrent vers le 4x4 où ils seraient un peu plus protégés. Il garda son reflex sous le bras comme si c'était son bien le plus précieux. Tugdual et ses collègues pompiers s'agrippèrent au camion-citerne en attendant que la réplique se termine. Alors que le sol tremblait sous leurs pieds, ils observèrent le paysage de désolation qui les entourait : bâtiment après bâtiment, la ville de Goma était en train de s'écrouler devant leurs yeux. Le ciel rouge sombre renforçait le sentiment que le monde arrivait à sa fin.

L'intensité des secousses baissa après quelques minutes, et les maisons parurent cesser de s'effondrer. Alors que le camion-citerne, couvert de poussière, s'était remis en route, suivi de près par le 4x4, il s'arrêta subitement. Le pompier au volant montra du doigt un bâtiment de trois étages, construit en parpaings et en tôle, qui s'écroulait à une trentaine de mètres. Les fondations peu profondes se dérobèrent et, étage par étage, ce qui était un petit immeuble s'aplatit et se transforma en un grand tas de gravats.

Le quartier étant désormais évacué, ils se dirigèrent vers le suivant, celui de l'aéroport. Simon regarda en arrière alors qu'ils slalomaient entre les décombres. Il vit la coulée de lave avancer à un rythme faible, mais soutenu. Elle n'était plus qu'à quelques centaines de mètres d'eux. Pacifique appuya sur le champignon.

Il semblait que l'ordre d'évacuation avait bien été reçu à l'aéroport. Les militaires congolais et les Casques bleus qui gardaient habituellement le portail étaient partis, eux aussi. Le parking était étonnamment calme et le hall, généralement le théâtre d'allées et venues dans tous les sens, était presque désert. Certaines personnes avaient décidé de rester là, car les pistes seraient un bon endroit pour se protéger des tremblements de terre, mais si la lave devait arriver, elles seraient trop exposées. Tugdual et son équipe négocièrent avec ces badauds, parvenant à les convaincre de prendre la route de Sake. Simon filma tout cela, sur fond improbable d'un aéroport gigantesque, mais dépourvu de voyageurs. Il profita aussi du temps des palabres pour sortir le drone. Il était relativement tranquille à cet endroit pour faire de nouvelles images aériennes. À quelques dizaines de mètres d'altitude, il put saisir l'immensité de la dévastation causée par la lave. Elle s'était encore approchée, à vue de nez. Les scènes qu'il voyait sur son smartphone étaient impressionnantes. Il allait falloir qu'il les envoie le plus rapidement possible à la rédaction.

Ils quittèrent l'enceinte de l'aéroport international réduit au silence et se dirigèrent vers la zone suivante par des rues désertes où seuls quelques retardataires partaient vers l'ouest. Leurs véhicules s'arrêtèrent sur un rond-point décoré d'une statue dorée de chukudu, véritable symbole de la ville. Une sorte de trottinette géante, fabriquée avec des morceaux de bois et quelques pièces de métal, grâce à laquelle de nombreux habitants se déplaçaient ou transportaient de lourdes charges. Certains avaient même dû fuir aujourd'hui sur l'un de ces machins, se dit Simon. Ici, les immeubles semblaient avoir tenu, mais les constructions temporaires, des tonnelles ou des boutiques ambulantes, avaient été renversées ou détruites par les secousses. Ils étaient déjà passés par là quelques heures auparavant, mais les rues étaient désormais méconnaissables sans leurs autochtones déambulant, roulant, écoutant de la musique, se parlant, se télescopant… Privée de ses habitants, Goma était dépourvue de vie et n'était plus que l'ombre d'elle-même. Dans ce morne contexte, les équipes de secours se consolaient en se disant que l'évacuation se déroulait bien. Tugdual descendit du camion et se dirigea vers le côté passager du 4x4, plissant les yeux pour se protéger de la poussière ambiante.

— Tu peux refaire un coup de drone ? demanda-t-il à Simon.

— Oui, bien sûr ! Tu veux voir la progression de la lave ?

— Ouais. J'ai l'impression qu'elle a déjà dû engloutir la piste de l'aéroport. Les militaires disent à la radio qu'ils sont un peu dépassés et ne vont pas parvenir à évacuer tous les quartiers. Il va peut-être falloir qu'ils priorisent ou qu'ils fassent des choix cornéliens.

Simon sentit l'urgence de la situation. Il sortit du 4x4 et se hissa sur le toit du véhicule, sans demander l'autorisation de Pacifique. Il avait besoin d'un espace dégagé pour que le drone détecte sa base, ce qui n'était pas évident dans la rue. La machine s'envola. Simon en profita pour s'approcher de la statue dorée du chukudu. Tout en gardant le rond-point dans le viseur, il prit de l'altitude puis avança en direction de l'aéroport. Il survola des bâtiments dans divers états de délabrement, évita quelques antennes sur les toits-terrasses du quartier et grimpa encore plus. Sur l'écran de son smartphone, l'aéroport commençait à s'afficher. Il descendit afin d'être au plus près du portail et du hall désertés lorsqu'il s'en approcherait.

— Monte un peu, qu'on voie bien.

L'instruction de Tugdual n'était pas très claire, mais Simon savait qu'il voulait avoir une vue d'ensemble et se fichait d'avoir des images artistiques. Une fois sur le parking, il continua d'avancer tout en grimpant dans les airs. Il progressait le long des pistes, qu'il aurait préféré filmer en volant le plus vite possible, au ras du sol. Son plan cinématographique allait devoir attendre. Il fit monter le drone et aperçut le volcan au loin. Décidant de le garder dans le viseur, sur ce fond rouge sombre, il tourna légèrement le capteur vers le bas afin de saisir un maximum de la coulée et de sa trace gravée dans la terre sur des kilomètres. Tugdual examina l'écran de plus près et lui demanda de viser le bout de la lave. Elle était aux limites de l'aéroport. Simon scruta son visage.

— T'en penses quoi ?

— Je ne suis pas volcanologue, mais j'ai bien l'impression qu'elle ralentit. Je vais demander aux pompiers locaux de joindre l'observatoire afin d'avoir leur avis.

— L'OVG ?

— Oui, c'est ça.

— Les mêmes qui n'ont pas vu venir l'éruption ?

— Ceux-là mêmes ! J'ai cru entendre parler d'absence de moyens, mais ce n'est pas notre boulot d'investiguer. Ça, je te laisse faire !

Simon sourit, mais il ne savait pas s'il avait réellement envie de mener une enquête sur le manque de préparation d'une institution locale. Il ne connaissait rien au pays et n'allait pas fouiller leur linge sale. Il observait certaines choses qui lui paraissaient bizarres, mais pour l'heure, il voulait finir son reportage et l'envoyer à Vannes. Et, pourquoi pas, ramener ses propres fesses en Bretagne, loin de tout ça.

Les pompiers étaient retournés à l'aéroport après avoir passé des coups de fil pour faire analyser la trajectoire de la lave par tous les volcanologues congolais et internationaux qu'ils avaient pu joindre. Ils s'étaient mis à la recherche de personnes qui n'auraient pas fui la zone ou qui auraient été piégées dans les destructions causées par les secousses. C'est en parcourant les alentours du marché aux bestiaux de Kahembe qu'ils eurent la confirmation de l'Observatoire que la coulée avait cessé.

C'était une victoire, mais de courte durée, car il existait encore la menace d'une éruption limnique.

— C'est la libération des gaz toxiques accumulés au fond du lac ? demanda Simon.

— Oui, c'est ça, répondit Tugdual. Si la lave atteint les profondeurs du lac où se trouvent les poches de gaz, c'est toute la ville qui y passe. Mais on ne peut pas faire grand-chose à part continuer d'évacuer. Il y a des milliers de personnes sur les routes à l'heure actuelle, selon l'armée congolaise.

Durant des heures, Simon resta toujours au plus près des pompiers. Il avait assez d'images pour rendre la mère de Tugdual encore plus fière et décida donc d'aller filmer quelques plans de toutes ces personnes qui fuyaient. Pacifique l'emmena, dans le fidèle 4x4, en direction de Sake. Très vite, il dut ralentir à cause des files se dirigeant vers l'ouest. Simon s'était mis à l'arrière du véhicule et saisissait des scènes de ces processions interminables. Les plus chanceux avaient eu le temps d'emporter quelques possessions, des matelas et des couvertures, d'autres traînaient des chèvres. La plupart n'avaient pas pu rassembler toute leur famille et étaient partis dans la précipitation. Peu de gens le remarquaient. Ils étaient, pour la plupart, trop occupés à regarder leurs pieds, résignés à leur sort de personnes déplacées avec pour seule priorité la survie, loin de Goma.

Loin du Nyiragongo.

Ils s'arrêtèrent à un carrefour pour débattre sur l'opportunité de sortir le drone. Pacifique craignait d'attirer trop l'attention de ces personnes qui étaient déjà à bout et ainsi de créer une situation tendue. Simon ne négocia pas longtemps, il ne voulait pas finir comme le cadavre calciné qu'il avait vu. Ils décidèrent de rouler jusqu'à Sake pour se réfugier là-bas eux aussi, en espérant trouver une chambre libre où passer la nuit. Sur la route, Pacifique reçut un coup de fil. Après une conversation de quelques minutes en swahili qu'il menait tout en évitant les nids de poule d'une main experte, il raccrocha et résuma pour Simon :

— C'était mon contact à l'Observatoire. Ils confirment que la coulée a bien cessé. L'éruption limnique reste une possibilité, car il y a encore des répliques. Il pense que s'il n'y a pas de nouvelle secousse dans les prochains jours, on peut écarter la menace, ou en tout cas la minimiser.

— Bonnes nouvelles !

— Oui ! Demain, il y a une réunion pour faire le bilan. Il y aura les pompiers, des ONG, les FARDC, l'ICPN, l'OVG…

— On s'y perd, avec tous ces acronymes ! Elle se passe où, cette réunion ? On peut y aller ?

— Oui, c'est au Kivu Lodge, un bel hôtel au bord du lac.

— Au bord du lac ? Donc s'il y a une remontée de méthane au moment où l'intégralité de l'équipe de réponse se trouve là, ils seront tous morts ?

Pacifique ne put s'empêcher de rire nerveusement face à cette éventualité.

— Eeeh, tu commences à comprendre le Congo !

23 mai
8 heures

Si le contexte n'était pas aussi dramatique, Simon aurait apprécié passer du temps dans cet hôtel. Avec ses chambres joliment décorées et sa vue sur le lac, le Kivu Lodge était un coin de paradis au milieu de l'enfer qu'il avait connu depuis qu'il avait mis un pied à Goma. Surtout après sa courte nuit à Sake. Pacifique et lui étaient arrivés à la nuit tombée dans ce qui ressemblait à un village avec quelques maisons au bord de la route. Ils avaient trouvé un restaurant, puis demandé où ils pourraient loger. La patronne leur avait montré une pièce derrière la cuisine, avec des matelas par terre et des piles de vêtements. Simon la soupçonnait d'avoir chassé sa propre famille afin de se faire un petit billet, mais il n'eut pas l'énergie de protester. Depuis la salle, où ils mangèrent du foufou, une boule de pâte de manioc trempée dans une sauce principalement à base d'huile, Simon avait observé la route. Des dizaines de personnes arrivaient de Goma, et tentaient de trouver un lieu où se reposer en négociant avec les habitants. Ils allaient certainement tous s'entasser chez les uns et les autres et Simon ressentit un peu de culpabilité de ne partager sa chambre qu'avec Pacifique. Il se rassura en pensant à son matériel, qu'il ne pouvait laisser à la portée de n'importe quelle main. Il avait très mal dormi, car il se remémorait les événements du jour. Il avait vu une coulée de lave à quelques mètres et les incendies qu'elle provoquait dans son sillon. Il avait vu des personnes blessées ou tuées par les chutes de gravats. Il avait vu les restes d'un homme qui avait été attaché à un poteau et brûlé vif.

Pacifique s'était réveillé à l'aube et ils étaient repartis aussitôt dans le sens inverse, en direction de Goma, cette ville de près de deux millions d'habitants coincée entre le volcan et le Kivu. Ils arrivèrent en avance au Kivu Lodge, ce qui leur permit de prendre un petit déjeuner composé de pain et d'un excellent café local. Après une nuit aussi agitée, même un café lyophilisé aurait paru délicieux, mais un vrai expresso lui avait fait un bien fou. De plus, il avait bu une seconde tasse sur la terrasse au bord du lac qu'il observait dans un silence seulement entrecoupé du clapotis de l'eau. S'étendant à perte de vue, le lac Kivu ressemblait à un océan paisible, gardant son secret meurtrier profondément enfoui. Plusieurs bateaux partaient les uns après les autres. Les personnes qui en avaient les moyens pouvaient faire la navette entre le port Emmanuel de Goma et les rives opposées : à Bukavu, l'île Idjwi, ou au Rwanda.

Les délégations arrivèrent chacune à leur tour pour la réunion. Des hauts gradés des forces armées, des représentants de diverses agences gouvernementales, ainsi que des services de secours, dont les pompiers, entrèrent dans la salle de restauration. Tugdual, qui semblait avoir aussi peu dormi que Simon, salua son compatriote :

— Dure nuit ! Toi aussi, apparemment !

— Ça se voit autant que ça ?

Tugdual lui raconta qu'ils avaient passé des heures à éteindre des incendies causés par la lave. Ils s'étaient concentrés sur les feux les plus dangereux, les plus à même de se répandre. Ils avaient également secouru quelques blessés dans les décombres. Ce n'est que vers trois heures du matin que Tugdual s'était laissé tomber sur une couchette de la caserne, encore habillé de sa combinaison. Simon lui proposa de refaire ce topo dans le cadre d'une interview au bord du lac à l'issue de la conférence.

Alors qu'on attendait que l'ensemble des participants soient arrivés, l'ambiance était presque agréable pour un lendemain de réponse à une éruption avec l'évacuation de dizaines de milliers de personnes. Ce devait être le cadre qui favorisait la détente, ainsi que la nouvelle de la fin de la coulée. En discutant avec d'autres journalistes, Pacifique avait essayé de croiser les données pour connaître le nombre de victimes. Il se situait aux alentours de quelques dizaines, ce qui était beaucoup moins que ce qu'ils avaient craint. Ils attendirent toutefois qu'un chiffre officiel soit communiqué, ce qui mettrait certainement encore plusieurs heures, voire des jours.

Les derniers à arriver étaient les équipes de l'ICPN, avec Geoffrey de Clair en figure de proue. Ils étaient accompagnés par un photographe occidental, qui devait les suivre pour faire son reportage. Simon s'approcha de lui afin de savoir pour quel média il travaillait. Il s'appelait Alex, c'était le correspondant de l'AFP au Congo depuis quelques années. Celui-ci avoua être étonné qu'un journal régional ait un envoyé spécial. Il avait plutôt l'habitude d'être parmi les seuls reporters français qui couvraient le Congo, avec les correspondants de RFI et France 24, qui étaient souvent la même personne.

La réunion débuta lorsque le directeur de l'Observatoire volcanologique de Goma prit la parole. Après une très longue introduction protocolaire au cours de laquelle il salua les illustres membres de l'assistance, il déclara officiellement que la coulée avait cessé, provoquant les applaudissements de tous. La lave était arrivée aux abords de l'aéroport international de Goma après avoir rasé quelques quartiers et villages au nord de la ville. Il fit état d'une vingtaine de morts seulement, chiffre qui allait certainement grimper dans les prochains jours. La mauvaise nouvelle était que les secousses n'étaient pas finies. On s'attendait à d'autres répliques. Celles-ci seraient d'autant plus dangereuses qu'elles pourraient faire tomber des bâtiments fragilisés par les précédentes secousses. Il n'était donc pas envisageable pour les personnes évacuées de rentrer chez elles. Il confirma également que l'éruption limnique était encore possible et qu'il fallait s'assurer que la population évite les bords du lac. Le fait qu'il prononce ces mots alors qu'on voyait le Kivu par la fenêtre n'échappa pas à l'assistance. Il évoqua la libération de dioxyde de carbone dans le lac Nyos au Cameroun, en 1986, qui avait fait plus de mille sept cents victimes humaines et tué plus de trois mille têtes de bétail. Depuis, des opérations de dégazage avaient été initiées au lac Kivu, mais elles ne suffiraient pas à éliminer tout risque en cas d'éruption limnique. Il y avait d'ailleurs eu des remontées de gaz à certains emplacements, des habitants ayant signalé des bulles se formant comme si l'eau bouillonnait.

Un énergéticien prit ensuite la parole pour clarifier un point : l'extraction du méthane était à l'étude depuis des années dans le double but de limiter le danger et d'alimenter la ville en énergie. Éliminer ce méthane abaisserait la pression du CO_2 dans le lac, neutralisant ainsi le risque. Mais comme pour toutes les opérations de grande échelle au Congo, les financements manquaient pour les mener à bien.

Simon commençait à se perdre dans cette avalanche d'informations géologiques. Il posa une première question sur les évacuations : se poursuivaient-elles comme prévu ? Un officier de l'armée congolaise lui répondit qu'elles se passaient bien, compte tenu du peu de préparation, et qu'il estimait à plus de quatre cent mille le nombre de personnes qui devraient être temporairement déplacées. Simon se dit que c'était à peu près la population de Nantes.

Les autres journalistes enchaînèrent avec des questions sur le manque d'anticipation. Des vies auraient pu être épargnées, selon eux, si l'Observatoire avait vu venir l'éruption. Simon ne comprit pas tout, mais il saisit tout de même qu'un financement de la Banque mondiale avait été arrêté. Depuis, ils n'avaient pas les fonds pour payer leur connexion internet ou du carburant pour se rendre sur le cratère et faire des analyses. Un nouveau financement privé américain avait récemment permis de remettre la machine en route, mais un peu trop tard : le réveil du volcan avait pris tout le monde par surprise. Certains journalistes congolais n'acceptèrent pas cette réponse et relancèrent avec plusieurs questions sur les détails de la gestion de l'Observatoire, appelant même à la démission du directeur. Simon fut choqué par ces prises de position des journalistes. Il se tourna vers Alex, qui lui sourit comme pour dire « C'est de cette manière que ça se passe ici ! »

À la fin de la réunion, qui s'était transformée en conférence de presse, de nombreux officiels se congratulèrent pour leur bonne gestion. Ils se saluèrent et retournèrent vers le parking avant de prendre la poudre d'escampette. Le message était clair : ceux qui n'intervenaient pas sur le terrain feraient mieux de s'éloigner de la ville. Simon confirma avec Tugdual l'interview devant le lac puis alla discuter avec Alex. Ils bavardèrent de leur couverture respective de la catastrophe, puis Simon enchaîna sur le sujet qui l'intriguait le plus :

— Toi qui connais bien le pays… J'ai vu un truc très bizarre et j'aimerais avoir ton avis.

— Dis-moi.

— On était un peu au nord de l'aéroport, une zone qui a dû être rasée maintenant…

— Munigi ?

— Oui, peut-être bien. Il y avait un cadavre, mais ce n'était pas une victime du volcan. On l'avait attaché à un poteau et brûlé vivant. Il avait visiblement été lynché et une pancarte autour de son cou indiquait « *Banyamulenge, mzungu, mwizi* ». Ça veut dire « voleur », c'est ça ?

— Oui, oui…

Alex fit mine de réfléchir.

— T'as dit que c'était écrit « Banyamulenge, *mzungu* » ? T'es sûr que t'as bien lu ?

— Oui, Pacifique me l'a confirmé. C'est un étranger, non ?

— *Mzungu*, ça veut dire « blanc ». Je ne vois pas comment le mec aurait pu être considéré comme un Banyamulenge et un Blanc en même temps. À moins que… Non, j'en sais rien !

— C'est tout de même troublant, ce ciblage ethnique. C'est répandu dans le pays ?

— Ce serait trop long à expliquer. Si tu restes quelques jours, on pourra revenir ici boire une bière et je t'en dirai plus, mais là, on doit encore bosser sur le volcan.

Alex abrégea la conversation quelque peu abruptement et prit congé. Il retourna auprès de la délégation de l'Institut qui était en train de partir. Il semblait bien connaître Geoffrey de Clair, car ils engagèrent tout de suite une discussion à l'écart du groupe. Après l'interview de Tugdual, Simon retrouva Pacifique et ils décidèrent ensemble de ne pas quitter Goma, malgré les risques de répliques. Pacifique déposa Simon à l'hôtel Nyumbani et rentra chez lui prendre une douche et écrire quelques articles. Simon s'accorda une petite sieste pour se donner une chance de tenir la journée, puis se mit à monter ses vidéos. Pendant les longues phases d'importation de fichiers, il appela la rédaction à Vannes pour caler ses diverses productions. Ils allaient l'aider sur le montage, il n'aurait plus qu'à envoyer le dérushage. Il profita du gain de temps pour écrire un premier article très factuel, mais tout de même teinté de détails qui faisaient toute la différence. L'angle, qui consistait à suivre le pompier breton, les distinguerait également de la concurrence. Il était clair que *Ouest-France* allait mieux performer que le *Télégramme* sur ce coup.

Il décida de déjeuner au restaurant de l'hôtel. Il commanda un steak de bœuf congolais, qu'il attendit tellement qu'il eut le temps de boire une grande bière et hésita à en demander une deuxième. Avec le travail qu'il avait, ce ne serait pas sage. L'attente en valut la peine, car la viande était incroyablement bonne. Il était en train de finir lorsqu'il reçut un appel sur le petit téléphone congolais que Pacifique lui avait prêté.

— Allô ?

— Salut Simon ! C'est Alex.

— Salut ! Tu t'en sors avec ton reportage ?

— Ouais, ça va. Dis, je t'appelle au sujet du mec dont tu m'as parlé, que t'as retrouvé brûlé. Est-ce que t'as pris des photos ?

— Oui, j'en ai quelques-unes. Je ne sais pas trop quoi en faire, je ne vais pas avoir le temps de faire un sujet là-dessus et je ne connais pas le contexte.

— Ouais, t'inquiète. Ça te dérangerait de me les envoyer ? C'est pas pour publier, je te raconterai en détail plus tard.

Simon n'y voyait aucun inconvénient, si ça pouvait aider une enquête. Il nota son adresse email et lui transmit le tout une fois de retour dans sa chambre. Il pénétra ensuite dans la cabine de douche. Au moment où il allumait l'eau, une nouvelle secousse se fit ressentir.

23 mai
14 h 45

De faible magnitude, la réplique avait pourtant encore fait tomber des maisons dans les quartiers nord, apprit-il grâce à Pacifique, qu'il avait appelé aussitôt après s'être assuré que l'hôtel n'était pas menacé. Il était descendu en serviette de bain s'informer auprès du personnel pétrifié par la secousse. Son confrère avait rejoint des membres de sa famille qui avaient décidé de ne pas partir. Il tenait désormais à rester à leurs côtés si Simon n'avait rien d'urgent à faire avec lui.

— Bien sûr, reste auprès de tes proches. Tu en as déjà fait beaucoup pour moi, merci Pacifique !

— N'hésite pas si tu as des questions, en tout cas.

— Ça marche. *Asante sana*[1] !

— Eeeh, Papa Simon, ça y est, tu parles swahili ! Tu n'as plus besoin de moi, alors !

Simon appela ensuite Tugdual pour savoir où en était leur intervention. Le pompier l'informa qu'ils

1. « Merci beaucoup » en swahili.

allaient retourner dans les quartiers affectés par la nouvelle secousse pour secourir d'éventuelles victimes. Après, ils iraient faire quelques rappels de formations pendant les prochains jours, mais leur opération de terrain était quasiment terminée. Cela convenait à Simon d'avoir quelques jours plus calmes afin de finaliser son reportage et de faire des images complémentaires pour des sujets annexes. Globalement, son travail à lui aussi était terminé. Il allait pouvoir retourner chez lui à La Gacilly et reprendre une vie normale.

Nouvel appel d'Alex.

— Ça va, tu étais en sécurité pendant la dernière secousse ?

— J'étais sous la douche, mais tout va bien !

Alex l'invita ensuite à l'accompagner « pour une petite virée ».

— Comment ça, une petite virée ?

— Tu connais l'ICPN ?

— Oui, je les ai croisés à Kibati. J'ai vu le comte sur son ULM.

— Oui, c'est un sacré type ! Je te propose d'aller les rencontrer. C'est eux qui ont donné l'alerte pour le volcan. Leurs bureaux principaux sont à deux heures de route.

— Ce serait avec plaisir, mais mon fixeur n'est pas disponible.

— T'inquiète, j'ai ce qu'il faut. J'espère que tu voyages léger.

Ils raccrochèrent après avoir convenu qu'Alex viendrait le prendre. Simon attendit à la réception du

Nyumbani et Alex passa le portail une demi-heure plus tard en portant deux casques de moto. Ils enfourchèrent une petite Haojue 110 qui n'était pas sans rappeler à Simon la mobylette 103 MVL avec laquelle il avait arpenté une bonne partie du pays de Rennes pendant son adolescence. Il était difficile de croire qu'ils pourraient affronter les routes congolaises avec cette bécane, mais Alex semblait confiant.

Les rues de Goma étaient anormalement calmes en raison de l'évacuation et du danger imminent de nouveaux tremblements de terre. Les ronds-points, qui étaient habituellement de véritables manèges perpétuels de vie, devenaient praticables sans craindre un accrochage à tout instant. Il y avait aussi des irréductibles transportant des marchandises, que même une éruption volcanique n'avait pas empêchés de faire des affaires.

Ils longèrent l'aéroport et retrouvèrent la route Nationale 2 qui menait vers le nord, en direction du volcan. Bien qu'il ne connaisse la ville que depuis deux jours, Simon commençait à se repérer dans ces quartiers ravagés. Les bâtiments effondrés par les séismes côtoyaient des tas de cendres et de roche noire encore fumante laissés par la coulée. Alex devait slalomer lentement entre les gravats et la lave qui aurait fait fondre ses pneus. Simon reconnut également Munigi et la place principale, où il avait découvert l'homme brûlé. Le cadavre n'était plus là. Il était possible que les services de secours aient eu le temps d'évacuer les corps, ou qu'il ait été enseveli par un immeuble écroulé. Simon sentit le besoin de demander à Alex pourquoi il avait voulu voir ses photos, mais sur la moto, ils n'étaient pas dans les meilleures conditions pour parler. Il renforça son étreinte sur le faux cuir de la selle et prit son mal en patience.

Après Rukoko, Kibati. Là où il était venu la veille pour rencontrer l'ensemble des équipes de secours avant que les secousses ne précipitent l'éruption. La route était complètement barrée par la lave, ils durent donc faire un détour par Kibumba. Alex avait relevé la visière de son casque pour faire le guide. Il expliqua que ce qui avait d'abord été un camp de dizaines de milliers de Hutus fuyant les représailles du génocide rwandais, puis avait accueilli des personnes déplacées par les nombreux conflits de la zone, était désormais une petite ville. À ce moment-là, il n'y avait quasiment pas un chat sur les pistes tape-cul qui devaient être considérées comme les rues de Kibumba.

Après de longues minutes à faire des zigzags sur ces pistes, ils retrouvèrent la Nationale 2 et la route de Rutshuru. À leur gauche, le mont Nyiragongo était toujours aussi menaçant. Le ciel était moins rouge et moins sombre que la veille, mais les gaz continuaient à émaner du sommet et des coulées commençant à sécher sur les flancs du volcan. Cela faisait déjà près de deux heures qu'ils étaient partis. Au moins avaient-ils retrouvé une route en meilleur état. Ce serait dorénavant plus supportable pour ses muscles abdominaux, lombaires et fessiers endoloris.

— Plus qu'une heure ! clarifia Alex, comme s'il avait lu dans les pensées de Simon.

Simon sentait que le soleil amorçait son coucher derrière les collines magnifiques du parc national des Virunga. Ils avaient encore du temps devant eux, mais il espérait arriver avant la tombée de la nuit. Sur de telles routes, avec autour d'eux la jungle infestée de groupes armés, il valait mieux ne pas traîner.

Simon ne savait pas exactement à quoi s'attendre. Rumangabo ne payait pas de mine. Hébergeant principalement une base militaire en décrépitude avec de grands baraquements blancs, le village semblait pauvre, mal construit, et ne rendait pas hommage aux paysages incroyables qui l'entouraient. Les collines verdoyantes à perte de vue l'avaient charmé sur le chemin, mais elles n'étaient plus très visibles depuis le hameau, où quelques bicoques en bois bordaient une piste de terre cahoteuse. Le seul point d'intérêt était cette espèce de stèle en béton à l'entrée du village sur laquelle on avait peint les animaux emblématiques du parc: éléphants, gorilles et okapis cohabitaient officiellement avec les hommes dans cette contrée.

Le soleil commençait à être caché derrière les collines et le froid se faisait sentir de plus en plus sur la moto. Simon s'estima heureux qu'ils ne soient plus très loin de leur destination, car il n'avait rien pour se couvrir. Il avait emporté uniquement son matériel de prise de vue, pas de change pour la nuit ni même sa brosse à dents. Lorsqu'ils arrivèrent devant l'entrée de la base de l'Institut, Alex klaxonna. Simon observa le protocole: on regarda par le judas, on ouvrit la petite porte, on vint leur demander qui ils étaient, puis on ouvrit enfin le grand portail pour les laisser passer. Parmi toutes les menaces auxquelles étaient exposés les employés de l'ICPN dans la jungle, deux journalistes blancs frigorifiés sur une moto n'en faisaient pas partie.

À cette heure-là, il y avait peu de monde dans l'enceinte. Ils garèrent la moto dans la cour, près des bureaux, et se dégourdirent les jambes. Alex baragouina un peu de swahili avec le gardien. Après quelques palabres, celui-ci les guida vers l'une des petites bâtisses qui était meublée de plusieurs grandes tables et de bancs en bois. Ce devait être une sorte de réfectoire, se dit Simon, qui n'aurait pas été contre un casse-croûte après le long trajet. Le gardien les laissa seuls dans cette pièce qui s'assombrissait à vue d'œil. Même en sachant qu'ils ne verraient plus grand-chose d'ici quelques minutes, Simon ne souhaitait pas particulièrement de lumière. Il préférait reposer ses yeux avec le reste de son corps meurtri par la route cabossée et les suspensions tout aussi fatiguées de la moto asiatique.

— Qu'est-ce qui se passe ? demanda Simon. Ils nous apportent à bouffer ?

— Non.

Alex était visiblement hésitant. Il ne disait pas tout.

— Bon, tu vas quand même m'expliquer ce qu'on fout là ? On va parler avec Geoffrey de Clair ?

— Non, on ne va pas parler avec Geoffrey de Clair…

— Avec qui, alors ?

Dans la pénombre envahissante, Alex réfléchissait. Simon ne discernait pas bien l'expression de son visage, mais il semblait être parvenu à une forme de conclusion.

— Tu sais, les photos que tu as prises à Munigi…

— Le cadavre ?

— Oui.

— Nous pensons savoir de qui il s'agit.

— C'est qui ? Et c'est qui, « nous », d'ailleurs ?

— On pense que c'est le fils d'une femme qui travaille ici, à l'Institut, Norah. D'après ce que j'ai compris, Innocent a eu beaucoup de difficultés dans son enfance. Il a eu de mauvaises fréquentations, a trempé dans des histoires louches. Sauf que même dans ses bandes de délinquants, il n'avait pas trop réussi à s'intégrer. Il était un peu différent des autres. Ici, la culture veut que si tu ne rentres pas dans le moule, tu es très vite stigmatisé. Ils seront, pour la plupart, victimes de moqueries ou exclus de certains cercles communautaires. Pour d'autres, on considère qu'on leur a jeté un sort ou une malédiction. Prends les albinos, par exemple, on les accuse de sorcellerie et on les bannit du village. Innocent a donc toujours vécu comme un solitaire, trempé dans des combines çà et là.

— Tout ça est très intéressant, l'interrompit Simon, mais qu'est-ce que je viens faire là-dedans ?

— J'y arrive. Le mec, incapable de trouver un travail stable, a commencé par revendre des trucs qu'il dénichait ici ou là, pour se faire un peu de blé. Il récupérait des matériaux de construction sur les chantiers, je crois. Ça ne marchait pas trop mal, il s'est constitué une clientèle fidèle. Puis vint le moment où il ne trouvait plus si facilement, donc il a dû chercher d'autres moyens de s'approvisionner. Des trucs qui n'avaient pas exactement été abandonnés, qui appartenaient encore à quelqu'un…

— Oui, il volait, quoi.

— Voilà, juste le temps de rebondir, il a emprunté des trucs par-ci, par-là. Jusqu'au jour où il s'est fait griller. Son quartier a été mis au courant. Norah a tout tenté pour que la communauté lui pardonne. Elle a parlementé avec les relais, les autres mamans, et elle est même allée au comité de gestion de l'eau. Tous ceux qui avaient un peu d'influence. Mais ils n'ont jamais pu se défaire des accusations en raison de leurs origines.

— Ils viennent d'où ?

— Norah est une réfugiée rwandaise. Elle avait réussi à fuir le génocide. Elle est installée au Congo depuis trente ans, mais elle est toujours considérée comme une Banyamulenge. En ce moment, la tension est vive envers le Rwanda, avec l'emprise qu'ils exercent sur la RDC. Les gens pensent qu'ils sont la source de leurs problèmes.

— Oui, j'ai eu le topo sur les Banyamulenges. On dirait bien qu'on leur attribue tous les maux, comme si l'éruption volcanique était leur faute.

— Voilà. Donc depuis, elle vit ici. Elle bosse comme gardienne du parc. Récemment, elle a réussi à obtenir un emploi de ranger pour Innocent. Il a participé aux secours et aux évacuations des quartiers nord de Goma hier.

— Donc vous pensez que le cadavre que j'ai pris en photo, c'est lui ?

— En effet, ce sont les mots que tu as vus qui nous mettent la puce à l'oreille.

— *Banyamulenge, mzungu, mwizi* ?

— *Banyamulenge*, parce que Norah est une Tutsie rwandaise.

— *Mwizi*, ça veut dire voleur, si j'ai bien compris.

— Voilà. Norah venait de mettre son fils à l'abri. Elle lui aurait trouvé n'importe quel petit job, chauffeur, voire du ménage. Du moment qu'il n'était pas livré à lui-même dans les rues de Goma, il était moins susceptible de faire des conneries et d'être embêté. Visiblement, il a été rattrapé par ses démons et la justice populaire a rendu sa sentence. Ils l'ont forcément lynché, ces enfoirés.

— Et alors, pourquoi *mzungu* ?

— Parce qu'Innocent est blanc.

23 mai
19 h 05

Simon avait commencé à regretter d'être monté sur la moto, d'avoir fait des heures sur des pistes plus accidentées les unes que les autres et d'être venu au milieu de la forêt, pour écouter ce mec raconter dans la pénombre une histoire de gens qu'il ne connaissait ni d'Ève ni d'Adam. Il ne tenait pas à s'éterniser dans ce pays littéralement ravagé par le volcan, mais aussi rongé de l'intérieur par des tensions communautaires dont il ne maîtrisait pas les enjeux. On lui avait confié une mission : suivre un pompier de chez lui pendant qu'il portait secours aux victimes de l'éruption. Filmer son intervention. Faire quelques jolies images avec le drone. Rentrer à la maison. Retrouver ses potes. Les matchs de foot le samedi soir. Au lieu de cela, il était au fin fond de l'Afrique, entre un volcan qui venait de se réveiller, des milices d'enfants soldats shootés qui pullulaient dans la jungle et des agitations raciales qui rappelaient étrangement le génocide rwandais.

S'il avait l'assurance de retourner vite à Goma, de finir ses vidéos, de les envoyer à Vannes et de sauter sereinement dans le premier avion pour la France, Simon voulait bien aider. Alex lui avait semblé sympathique. Celui-ci était dans le pays depuis des années et connaissait bien le contexte. Il pouvait lui être très utile pour bien terminer ses papiers ou pour lui trouver de bons contacts. Simon avait décidé de le suivre quand il lui avait demandé de lui faire confiance, de monter sur la bécane et de s'enfoncer dans la forêt. Maintenant, à des heures du prochain aéroport, il était obligé de rester jusqu'au bout. Il avait donc écouté l'histoire qu'il avait à lui raconter. Il n'avait pas compris en quoi cela le concernait, mais il avait commencé à s'y intéresser. Il savait seulement qu'il avait possiblement pris en photo un homme qu'ils recherchaient. Un fils recherché par sa mère. Un ranger des Virunga. Il était content d'aider, mais ne voyait toujours pas ce qu'il pourrait faire de plus. Alex lui avait dit que la mère voulait lui parler, pour essayer de comprendre par tous les moyens, ou pour conserver un espoir de revoir son fils vivant.

Simon avait surtout été intrigué. Comment cet homme, Innocent, pouvait-il être blanc ? Était-il un de ces albinos qu'Alex avait évoqués ?

— Norah ne veut pas trop raconter l'histoire, poursuivit Alex. Pour elle, c'est son bébé, même s'il a près de trente ans. Le père doit être blanc, mais on n'en sait rien. Personne ne l'a vu. On en a seulement entendu parler. Visiblement, Innocent était surnommé « le Blanc » dans son quartier.

— Les Tutsis ont la peau plus claire, non ? Est-ce que ce serait pour cette raison qu'on l'appelait le Blanc ?

— Ça m'étonnerait. Il y a une motivation raciale à son meurtre, c'est déjà souligné dans le fait qu'on le désigne comme un Banyamulenge. On a beaucoup parlé des différences entre les ethnies à l'époque du génocide rwandais, mais tout ça, c'était de la manipulation politique. Si les communautés rencontrent des tensions en ce moment, c'est aussi parce qu'elles écoutent des escrocs qui mettent en avant des théories de complot alors qu'ils n'œuvrent que pour leurs propres intérêts.

— C'est l'histoire qui se répète.

— Exactement !

— Tu crois qu'on se dirige vers un nouveau génocide ?

— Ne parle pas de malheur…

Le ton prophétique d'Alex les réduisit au silence. L'horreur d'une guerre ethnique au Congo serait inimaginable. Infinie. L'arrivée des colons à la fin du XIXe siècle avait généré une administration de territoires régis jusque-là par une loi communautaire. Dès lors, les groupes se sont brassés, rendant ainsi caduque la notion de tribu. En rebattant les cartes ethniques, les populations avaient éliminé tout sens dans l'idée de nettoyage ethnique. La vie était toujours plus forte que la politique. Il suffisait d'ouvrir les yeux, de regarder autour de soi et de construire un avenir avec son voisin, sa communauté. Malheureusement, les hommes au pouvoir n'avaient pas l'intention de construire, mais d'amasser des richesses personnelles, quitte à mettre tous leurs semblables en danger.

Leur conversation dans le noir de la grande salle s'arrêta quand la lumière les éblouit. Comme si la nuit dans laquelle leurs propos les avaient plongés tirait à sa fin, l'arrivée de la clarté les ramena à la vie. Ils se levèrent et regardèrent en direction de la porte. Le gardien qui les avait accueillis serrait un téléphone portable avec la torche allumée dans sa main et derrière lui se tenait une femme. Petite, courbée, avec des cheveux gris parmi ses tresses, elle semblait plus âgée qu'elle ne devait l'être en réalité. Elle était vêtue d'une jupe en pagne traditionnel et un t-shirt de l'ICPN. Des habits décontractés puisqu'elle n'était pas en service, mais arborant fidèlement la marque de l'employeur qui la nourrissait depuis tant d'années. Accablée par le chagrin, cette femme paraissait soudainement lâcher prise pour la première fois alors qu'elle n'avait jamais cillé devant l'adversité de toute sa vie. Bien qu'elle ait eu besoin de l'aide du gardien pour s'asseoir sur un banc de bois, elle manifestait une présence remarquable.

Norah n'avait pas regardé les deux *mzungus* dans le réfectoire. Elle tenait la main du gardien, qui s'en occupait comme de sa propre mère, ou plutôt sa grand-mère dans le cas présent. Alex s'approcha d'elle pour la saluer. Il avait tissé un lien étroit avec l'Institut au fil de ses reportages, mais gardait une relation particulière avec Norah depuis qu'il lui avait tiré le portrait. Elle l'avait tellement impressionné qu'il l'avait dépeinte comme une star de cinéma. Elle n'aimait pas vraiment être en avant de la sorte, mais elle avait été fière qu'on reconnaisse ses efforts. De plus, Alex l'avait mise suffisamment à l'aise, jusqu'à la faire rire plusieurs fois.

Simon s'approcha à son tour, d'un pas plus hésitant, ne sachant comment s'y prendre avec cette femme en plein deuil. Il laissa les autres s'entretenir, se tenant un peu à l'écart. Il se rendit compte qu'Alex mêlait parfois des mots de français lorsqu'il baragouinait le swahili, ce qui permettait à Simon de saisir quelque peu le propos. On aurait dit qu'elle redoutait de le rencontrer, ce qui était compréhensible, mais frustrant quand on avait fait des heures de route dans la jungle pour arriver là.

Norah semblait avoir besoin d'autant de courage pour parler à Simon que si elle devait monter à l'échafaud. Elle se leva péniblement, décidée à affronter son destin. Aidée par le gardien et Alex, elle se dressa devant Simon et le scruta. Très vite, son expression de tristesse se métamorphosa. Son visage se raidit, trahissant de l'incompréhension. Une seconde plus tard, ses traits commencèrent à craquer et, comme les tremblements de terre annonçant l'éruption du volcan, les muscles faciaux de Norah se mirent à vaciller. Elle paraissait abandonner tout espoir, comme si toutes ses certitudes dans le monde s'écroulaient. Ils ne s'étaient rien dit, mais quelque chose s'était clairement produit dans la tête de Norah. Elle-même ne comprenait pas. Elle perdait tous ses moyens. Le chagrin venait-il de la submerger complètement ?

Ses jambes cédaient, faisant accourir le gardien, qui la soutint comme il put. Avant de perdre connaissance, Norah parvint à prononcer un mot qui frappa Simon de plein fouet.

Philippe.

Le prénom de son père.

24 mai
16h45

Il était conscient qu'il venait de vivre l'aventure la plus extraordinaire de sa vie et pourtant il était fortement soulagé qu'elle se termine. Simon avait poussé un soupir en s'asseyant dans l'avion qui le menait de Goma à Addis-Abeba, d'où il prendrait un long-courrier pour la France. Il avait contemplé les toits de tôle, le lac Kivu, les coulées de lave qui commençaient à sécher, et surtout le volcan qui l'avait amené dans ce pays. Le Nyiragongo l'avait extirpé de sa vie tranquille en Bretagne, il l'avait confronté à une autre réalité; là où l'homme est un loup pour l'homme. Il n'en revenait pas; un nettoyage ethnique était à nouveau en train de se produire au vu et au su de tous, et rien ne l'empêchait. Un passé tribal ancien, ponctué de massacres et de manipulations, ravivait une animosité créée quasiment de toutes pièces. Les mêmes stratagèmes avaient, trente ans plus tôt, conduit à l'une des plus grandes catastrophes de l'histoire. Dire que certains êtres malintentionnés étaient partants pour remettre le couvert le dépassait complètement. Que pouvait-il faire ? C'était aux journalistes sur place d'alerter, mais il était probable que leurs théories se verraient discréditées par les puissances désireuses de tirer le meilleur profit de l'instabilité régnante. La complexité du problème décourageait tous les acteurs bienveillants de s'attaquer à l'hydre rwando-congolaise. Le simple défi de comprendre le contexte était déjà quasi insurmontable, alors pour résoudre ces problèmes, si tant est que quelqu'un en ait la volonté, il faudrait s'armer de patience et de courage.

Arrivé en Éthiopie, Simon ressentit comme un choc. Il n'avait été immergé au Congo que quelques jours, mais il s'était senti tellement plongé dans un autre monde que la modernité de l'aéroport lui provoqua un certain dégoût. C'était loin d'être le terminal le plus luxueux de la planète et pourtant, de voir un bar servir des bières à la pression, des gens bien habillés, des boutiques de souvenirs, il était parachuté dans un univers dont il s'était bien passé pour la durée de son reportage. Il n'était pas malheureux de boire une bière fraîche, même si elle était industrielle et insipide, mais il s'était habitué à un mode de vie plus incertain que ce qu'offrait le monde occidental. La poursuite de la richesse et du luxe à tout prix lui était encore plus incompréhensible maintenant qu'il avait foulé le sol congolais. Ce n'étaient pas des préoccupations qu'il nourrissait particulièrement avant, mais il se sentait désormais encore moins en phase avec ce style d'existence convoitée par tant de ses congénères.

On annonça le vol pour Paris. Il se leva, saisit ses sacs et se dirigea vers la porte d'embarquement. Le vol de nuit lui laisserait amplement le temps de repenser à cette rencontre avec Norah. On lui avait dit que c'était une femme forte, mais lui n'avait observé qu'un fantôme. Elle avait été détruite par la mort d'Innocent, au point d'halluciner. Elle s'était évanouie en le regardant. Avec le gardien et Alex, ils avaient essayé de la ranimer. Elle s'était réveillée, mais avait aussitôt hurlé, criant au maléfice et au mauvais sort. En étudiant Simon, elle avait vu son fils, le père de son fils, tout ce qui la faisait souffrir. Elle avait l'air d'être devenue folle. Comprenant qu'il n'y avait rien à faire de plus pour la soirée, ils s'étaient tous couchés. Norah chez elle, grâce à l'aide de son collègue, Alex et Simon dans une *guesthouse* de l'ICPN.

Le lendemain matin, ils avaient demandé des nouvelles de Norah et ils avaient été informés qu'elle était partie à l'aube, à la recherche de la dépouille d'Innocent. Elle avait dû prendre un taxi collectif dans le centre de Rumangabo. Le gardien avait tendu à Simon un bout de papier, qui semblait avoir été arraché d'un cahier d'école. Dessus, il était écrit :

« Dis à Philippe que son fils est mort. »

Il n'avait pas pris le message. Il avait laissé le papier dans les mains du gardien. Il n'avait pas besoin de le conserver, car les mots s'étaient imprimés dans sa mémoire. Aussi incongrus qu'ils aient pu paraître, ces mots étaient inoubliables pour Simon. Comment cette femme, à l'autre bout du monde, avait-elle pu lui jeter un regard et citer le prénom de son père ? Il s'était presque senti blessé par cette mise en cause paternelle, mais il ne pouvait pas non plus saisir l'ampleur de son chagrin. Il s'était dit qu'il devait ressembler à quelqu'un qu'elle avait croisé, un autre Blanc comme il y en avait quelques-uns à Goma, notamment les humanitaires.

Les humanitaires.

C'est ce qu'avait fait son père pendant longtemps. Sa mère aussi, même si elle s'était arrêtée pour élever son fils. Et puis quand Simon avait eu une dizaine d'années, ses parents s'étaient séparés. Il avait suivi Clémence en Bretagne et Philippe était resté à Marseille. Ou alors il était reparti en mission. C'est à l'étranger qu'il avait passé le plus clair de son temps, de toute façon. Comme lui en cet instant, Philippe avait emprunté un paquet d'avions pour s'envoler ici ou là. Simon le voyait presque, à côté de lui, portant une saharienne et ses Dr Martens. La boucle d'oreille de Corto Maltese côté gauche, la barbe de trois jours.

Philippe, quoi.

Le mec avec qui il tapait dans le ballon dans leur quartier d'Endoume, mais dont il s'était éloigné, géographiquement et émotionnellement. En grandissant, Simon n'avait pas ressenti le besoin impérieux d'avoir un père. Cela lui avait manqué, parfois, notamment lors des fêtes de fin d'année ou quand, adolescent, il jouait au football en club et qu'il allait de village en village pour disputer des matchs le samedi après-midi. Il arrivait qu'il marque des buts, mais il n'y avait personne pour le regarder briller. Simon ne demandait pas à être acclamé par des milliers de personnes dans les stades, il n'en aurait voulu qu'une. N'étant jamais présent, il s'était mis à l'oublier, comme une silhouette disparaissant sur le bord du terrain. Les points qu'il gagnait, c'était pour lui seul, et son équipe.

Philippe était-il allé à Goma ? Simon ne connaissait pas la liste exacte des pays dans lesquels il avait travaillé. Il se souvenait de presque toutes les anecdotes que son père lui avait racontées quand il était petit, mais ne parvenait pas forcément à replacer l'endroit ou l'année. Il arrivait encore parfois que Philippe lui ressasse une histoire ou une autre, comme si c'était la première fois qu'il la narrait, alors que cela faisait la centième. Même s'il ne l'avait pas beaucoup connu en grandissant, il avait toujours vu en lui un électron libre. Un grand aventurier, peut-être. Un père exécrable, tout à fait. Il était devenu le personnage de ses anecdotes, comme un James Bond qui vivait des aventures intemporelles et enjolivées.

Simon était certain d'au moins une chose : il avait été déçu par son géniteur. Lors de la séparation de ses parents, il n'avait pas tout saisi, mais il était sûr que son père avait fait une grosse bêtise et que c'est pour cela qu'ils partaient très loin de lui. Cela avait eu un rapport avec son mode de vie, ses déplacements incessants, l'état de renfermement dans lequel il rentrait souvent après une mission. Les disputes avec Clémence étaient systématiques, avant et après chaque voyage. Qui était responsable de ces disputes n'était pas la question. Elles avaient lieu parce que ces deux êtres, même s'ils s'étaient aimés à une période, n'avaient plus rien à faire ensemble.

Le Philippe imaginaire qui avait pris place à côté de lui croisa les jambes, alluma une cigarette, parce que c'était possible de fumer dans les avions à l'époque, et ouvrit le *Canard enchaîné*. Il rigola en secouant la tête, probablement à une autre blague sur Juppé, Léotard ou Védrine. Il était en partance pour une nouvelle mission, au Cambodge, en Éthiopie ou en Afghanistan. Pensait-il à sa famille lors de ces longs voyages ? Savait-il qu'il les perdait un peu plus à chaque départ ?

De cette ville qui l'avait vu naître et grandir, il ne gardait plus beaucoup de souvenirs. Simon était descendu à la gare Saint-Charles et s'était dirigé vers le Vieux-Port. Il aurait pu emprunter le métro directement, mais s'il y avait une chose qui valait bien le détour, c'était le panorama sur la mer. Il était donc monté dans un bus qui l'avait mené le long de la corniche jusqu'au Prado, en passant par le quartier où il avait vécu lorsqu'il était enfant : Endoume. Même si le vallon des Auffes demeurait aussi charmant que dans ses souvenirs, il n'était pas descendu. Il n'avait pas souhaité fouler ce sol une minute de plus que nécessaire.

Le lieu du rendez-vous n'avait pas été choisi par hasard. Il le savait avant même d'arriver et n'avait pu qu'être impressionné par le nouveau visage du Vélodrome. Il l'avait vu à de nombreuses occasions à la télévision, mais n'était pas revenu en personne depuis le lifting que le stade de son enfance avait subi. La dernière fois qu'il était venu, son père le portait sur ses épaules.

— Il a de la gueule, notre Vélodrome, hein ?

Son père était à l'heure. Il avait vieilli, mais sinon il n'avait pas changé. Veste en cuir, chemise ouverte dévoilant une toison de poils blancs et ses éternels Dr Martens aux pieds. Philippe s'approcha et embrassa son fils, qui resta plutôt immobile. Ils ne s'étaient pas vus depuis plusieurs années, se contentant d'un coup de téléphone à Noël et aux anniversaires, quand ce n'était pas qu'un simple texto.

— Allez, monte! J'espère que t'aimes toujours la bouillabaisse!

De bonne humeur, Philippe se dirigea vers un vieux pick-up Ford Ranger. Il n'avait rien du confort des voitures actuelles, mais il était très spacieux. À vue de nez, il avait au moins une vingtaine d'années et trois cent mille bornes au compteur. La portière, pas tout à fait droite, grinça quand Simon la ferma. Il posa son sac à dos à ses pieds et vit que l'habitacle était un foutoir de papiers, de chiffons crasseux, de pièces de monnaie, de paquets de cigarettes vides ou de morceaux de plastique dont on avait oublié l'utilité depuis longtemps. Le moteur démarra sans encombre et ils firent route vers le sud. En dix minutes, ils étaient hors de la ville et commençaient à grimper. Alors qu'ils s'enfonçaient dans ce qui avait l'air d'être la campagne, ils arrivèrent à un parking, avec au bout une barrière de sécurité. Philippe s'entretint avec le gardien, qui consulta une feuille avant de hocher la tête. Celui-ci marmonna dans son talkie-walkie et fit pivoter la barrière. Philippe fit avancer son véhicule sur un chemin beaucoup plus étroit, bordé d'arbres et de quelques petits cabanons. Ils virent des randonneurs, dont certains qui faisaient du stop. Philippe s'arrêta pour inviter quatre d'entre eux à monter dans la benne. L'allée commençait à grimper de nouveau, plus sérieusement. Les arbres se raréfiaient, dévoilant au loin le calcaire des calanques. Le ciel bleu était d'une pureté que Simon ne voyait que rarement en Bretagne et le soleil devait violemment cogner les marcheurs et les passagers à l'arrière du pick-up. Après encore cinq minutes sur les chemins, ils atteignirent le col, d'où ils purent apercevoir la Méditerranée dans toute sa splendeur. La garrigue des calanques, tout autour d'eux, stoppait net dans la mer indigo en contrebas. Philippe coupa le moteur lorsqu'ils arrivèrent à un nouveau parking, et les auto-stoppeurs descendirent en le remerciant. Après quelques pas sur une piste de cailloux blancs qui reflétaient la luminosité aveuglante en plein cagnard, ils accédèrent au restaurant *Le Château*, une villa dont la grande terrasse offrait une vue incroyable sur l'embouchure de la calanque de Sormiou et sa plage de sable immaculé. Le lieu était exceptionnel. Philippe jeta sa veste en cuir sur le dossier d'une chaise à l'extérieur et ils s'attablèrent. Ils commandèrent deux pastis et une bouteille de vin blanc sec des coteaux d'Aix qui leur fut apportée dans un seau à glace.

— Bon, raconte-moi ton périple ! Si j'avais imaginé que tu suivrais mes pas au Congo ! Alors, ça ! Sacré fiston, va !

Simon but une gorgée d'anis et sourit poliment. Ses yeux ne s'étaient pas encore habitués à la luminosité, mais il les plissa et réfléchit à son histoire. Pour une fois que c'était lui qui avait les anecdotes d'aventures, il ne savait pas exactement comment s'y prendre face au conteur infatigable qu'était son père. Il commença par relater les circonstances qui l'avaient mené en République démocratique du Congo, le journal, le volcan, les pompiers. Philippe était fasciné par l'idée que l'éruption du Nyiragongo ait pu menacer de détruire Goma. Bien qu'elle se soit développée dans tous les sens depuis qu'il y était allé pour la dernière fois, la capitale du Nord-Kivu était déjà une grande ville à son époque.

— C'est marrant, je crois qu'ils font cuire le poisson à la pierre volcanique dans ce restaurant ! Mais vas-y, je t'écoute !

Le ton de son père lui paraissait un peu léger à son goût par rapport à la gravité de la situation qu'il lui narrait, mais Simon poursuivit. Peut-être était-ce la déformation de son métier qui lui faisait prendre tant de recul face aux catastrophes. Ou alors Philippe n'en avait plus rien à faire. Il n'était plus humanitaire depuis longtemps. Il s'était reconverti à un moment dans le service public et jouissait à présent de la retraite. À près de soixante-dix ans, il pétait la forme, même s'il fumait encore. Simon avait aperçu une planche de surf à l'arrière du pick-up parmi le bordel de sangles, de tendeurs et de bidons d'huile ou de liquide de refroidissement.

Avant d'en venir au fait, Simon posa une question à son père :

— Tu y as passé du temps, toi ?

— Au Congo ? Enfin, ça s'appelait le Zaïre à l'époque, mais oui. J'y ai fait une première mission fin 93, début

94, dans le Nord-Kivu. Ensuite, j'y suis retourné au moment du génocide rwandais, parce qu'il y avait beaucoup de réfugiés qui arrivaient. Si tu avais vu ces camps près de Bukavu… Et puis j'y suis allé quelques fois après, au Katanga, à Kinshasa… C'est l'un des pays que j'ai le plus faits dans mon ancien boulot.

— Comment ça, que tu as « faits » ? Dont tu as coché la case sur ton tableau de chasse ?

— Ah ! Tu sais, à cette époque, on ne choisissait pas nos destinations. On allait où on avait besoin de nous. Pas comme aujourd'hui, avec les humanitaires de carrière, qui veulent faire le moins de terrain possible. Il paraît même que, depuis la Covid, ils passent plus de temps en télétravail qu'au bureau. Déjà que les sièges des ONG ont toujours été déconnectés de la réalité… Là, ils ont créé le niveau d'au-dessus !

— Peu importe…

Simon sentait que son père devenait un vieux con qui regrettait le passé. Ce n'était pas étonnant dans la mesure où il ne s'était pas consacré à quoi que ce soit, à part lui-même, depuis des années. Il se servit un verre de blanc et demanda s'ils ne devaient pas commander quelque chose à manger. Son train pour le retour était dans plusieurs heures, mais le temps avait tendance à filer et ils n'étaient pas tout près de la gare.

— T'inquiète ! Ici, il faut réserver quarante-huit heures à l'avance si tu as envie de leur bouillabaisse, donc je me suis permis d'appeler dans la semaine. Tu vas voir, c'est une tuerie.

— Comme tu veux.

La bouillabaisse leur fut servie peu après, avec des croûtons à l'ail et des pommes de terre. Même s'il n'avait pas la tête à savourer pleinement son repas, Simon devait reconnaître qu'il était excellent. Le cadre devait jouer sur le goût, car il ne se lassait pas d'admirer la calanque.

— Tu n'es pas allé au Rwanda ? s'enquit Simon.

— Je regrette de n'avoir jamais mis un pied dans le pays lui-même, mais j'ai vu les réfugiés arriver au Congo après le génocide.

— C'étaient les Tutsis, c'est ça ?

— Un peu, dans les premiers temps. Mais à la fin de la guerre, ce sont les Hutus qui ont fui. C'étaient eux, les centaines de milliers de personnes dans les camps, qui crevaient la gueule ouverte. Les génocidaires s'étaient échappés du Rwanda en disant que les Tutsis allaient se venger et tous les tuer en représailles. Que c'était à leur tour de commettre des massacres. La population les a crus et ils sont tous arrivés au Congo. Évidemment, parmi les réfugiés se cachaient de nombreux meurtriers, et les fameux miliciens Interahamwe. Une fois toutes ces personnes installées dans des camps tout le long de la frontière, il a bien fallu les aider. Des ONG comme celle pour laquelle je bossais ont participé aux secours, mais se sont vite retrouvées dépassées. Les épidémies se sont mises à flamber… Je pense que beaucoup de réfugiés ne sont jamais rentrés chez eux.

— Vous n'aviez pas un cas de conscience, en secourant des individus qui ont peut-être massacré des innocents ?

— Si ! Tout le monde s'est posé la question et ça a été longuement débattu à l'époque. Mais de la même manière qu'un médecin traite tous les patients sans distinction, les humanitaires apportent de l'aide à toute personne qui en a besoin. On avait le devoir d'intervenir. Il y avait une épidémie de choléra comme on en avait rarement vu, des gens étaient en train de mourir. On n'allait pas demander à nos malades s'ils avaient tué des civils avant de les soigner... On se doutait que les génocidaires se cachaient parmi eux et on savait qu'ils se réorganisaient, qu'ils menaient des actions dans la forêt, qu'ils avaient le projet de reprendre le Rwanda. Les camps étaient de véritables bases arrière pour la nouvelle rébellion hutue, qui détournait l'aide dans le but de renforcer leur mouvement. Les ONG étaient instrumentalisées et la plupart se sont retirées.

— Oui, j'ai même entendu que certains de ces groupes armés existaient encore aujourd'hui... mais je n'ai pas fait tout ce chemin pour une leçon de géopolitique africaine.

Philippe se tut et regarda son fils dans ses yeux. Il termina son verre, saisit la bouteille dans le seau. Lorsqu'il vit qu'elle était vide, il fit signe au serveur qu'on lui en apporte une autre. Il n'avait pas fini sa bouillabaisse, mais il alluma une cigarette à l'aide de son Zippo.

— Je sens que tu vas me dire pourquoi tu es venu, dit-il d'une voix plus grave.

Simon finit son verre lui aussi et inspira. Il raconta que, pendant la catastrophe, dans les décombres et les rues en flammes, il avait vu un cadavre. Quelqu'un qu'on avait ligoté à un poteau et qu'on avait brûlé vif. Philippe n'y avait jamais assisté, mais il savait que la justice populaire pouvait avoir des conséquences inhumaines dans ces contrées. Il ne dit rien et se contenta d'écouter.

— L'homme était un ranger du parc des Virunga, mais il avait un passé de voleur. Des habitants du quartier ont dû le reconnaître, le choper et le lyncher. Figure-toi qu'ils ne l'ont pas tué uniquement à cause de ses larcins. Ils l'ont aussi ciblé parce qu'il était Banyamulenge. Tu connais ce mot ?

— Ça me dit quelque chose. Ce sont les Tutsis établis au Congo de longue date, non ? Depuis l'époque coloniale, même.

— À l'origine, oui. Maintenant, c'est un terme qui amalgame tous les « rwandophones », qu'ils soient réfugiés depuis quelques années ou depuis plusieurs générations. Certains ont rejoint les rangs du Front patriotique rwandais pendant la guerre. Après le génocide, Paul Kagame a envoyé des rebelles au Zaïre et a contribué à la chute de Mobutu. Aujourd'hui, Kagame est toujours au pouvoir et le Rwanda exporte des diamants alors qu'ils n'ont aucune mine. Les hommes politiques congolais, pour ne pas répondre de leur gestion déplorable et corrompue, désignent donc les Rwandais comme responsables de tous les maux du pays. Et Dieu sait que la RDC connaît son lot de problèmes !

— Ça me rappelle quelque chose...

— En effet, c'est à peu près comme ça qu'en 1994, le gouvernement extrémiste du Rwanda, allié de la France, soit dit en passant, a fomenté le génocide. D'ailleurs, la plupart des nettoyages ethniques commencent de la même manière.

— Quand tu dis que tu n'es pas venu pour recevoir une leçon de géopolitique, c'est parce que tu veux la donner, c'est ça ? s'amusa Philippe.

— Non. Pardon, c'était juste pour rappeler le contexte. Bref, l'homme mort que j'ai vu était un voleur et un Banyamulenge et les gens s'en sont donné à cœur joie sur son pauvre sort. Mais il n'y a pas que ça.

— Ne me dis pas qu'il est juif, en plus ?

Exaspéré par ce trait d'humour noir de son père, Simon décida d'arrêter de tourner autour du pot :

— En suivant les pompiers qui répondaient à l'éruption, j'ai croisé le chemin de pas mal de membres des équipes de secours. J'ai rencontré les rangers de l'agence de conservation du parc national puisque le volcan est situé dans les Virunga. Il se trouve qu'ils venaient de perdre l'un des leurs. On a fait une petite enquête et on s'est vite rendu compte que c'était le cadavre que j'avais photographié. Comme sa mère travaille aussi pour l'agence, je suis allé la voir.

— Je n'imagine pas sa peine...

Simon était ému. La boule dans sa poitrine menaçait de déclencher les larmes, mais il but une gorgée de vin et se ressaisit.

— On se ressemble beaucoup, non?

Philippe ne comprit pas le changement abrupt de sujet. Certes, quand Simon était petit, on disait que c'était le portrait craché de son père. Sa mère avait d'ailleurs exprimé de la jalousie devant cette ressemblance, surtout dans les années autour de leur séparation. En grandissant, Simon avait en effet hérité du teint méditerranéen de Philippe, de ses cheveux noirs, de son métabolisme. Quoi qu'ils fassent comme activité sportive, quel que soit leur régime alimentaire, ils demeuraient tous deux plutôt minces. Ils avaient clairement le même sang. Des inconnus qui les verraient tous les deux supposeraient sans aucun doute qu'ils sont père et fils.

— Pourquoi cette question?

— Parce que, quand la mère du cadavre m'a vu, elle a prononcé ton nom.

Philippe resta silencieux. Il cherchait une explication rationnelle. Il n'était pas allé à Goma depuis des années, mais il n'était pas inconcevable que des personnes le reconnaissent s'il venait à y retourner. De l'agence de conservation des Virunga, il ne gardait aucun souvenir. Cette femme devait être une ancienne humanitaire. Beaucoup d'employés d'ONG avaient eu de brillantes carrières par la suite et avaient migré vers des postes haut placés dans les instances gouvernementales. Simon connaissait la solution de l'énigme et n'avait aucun intérêt à faire mariner son père plus longtemps. Il voulut reprendre, mais Philippe avait déjà trouvé.

— Norah ?

Simon était bouche bée. Bien qu'il n'ait pu y avoir d'autre explication, le fait que Philippe retrouve le prénom si rapidement constituait la preuve de sa trahison envers sa propre famille. Simon était horrifié de constater que le souvenir de cette infidélité soit revenu si vite. Comme si son père y avait souvent repensé.

— Tu t'en souviens ?

— Ça ne peut être qu'elle. C'est la raison pour laquelle ta mère m'a quitté et m'a privé de mon fils. Je vis tous les jours avec ce regret. Il fallait bien que ça me pète à la gueule.

Simon ne crut pas à cette explication. Pensait-il avoir sauvé la vie de cette femme ? Lui avait-il promis un traitement particulier en échange de faveurs ? Les missions étaient-elles des moments où tout était permis ? Ce qui se passait en mission restait en mission ? Quelle qu'en soit l'explication, Philippe était clairement déstabilisé par ce qu'il venait de réaliser.

— Tu es en train de m'apprendre qu'elle a eu un enfant et que j'en étais le père ?

— C'est ce qu'elle m'a dit. Je l'ai rencontrée au fin fond de la jungle. On lui avait d'abord annoncé qu'ils avaient perdu la trace d'un de leurs hommes. Puis il s'était avéré que cet homme était son fils. Ensuite, elle a eu entre les mains des photos que j'avais prises sur lesquelles on voyait bien le cadavre. Inutile de préciser à quel point elle était perturbée.

Philippe scruta l'horizon. Après un court silence, sans quitter la mer des yeux, il demanda :

— Comment il s'appelait ?

— Innocent. Il avait vingt-six ans.

Simon le laissa ruminer. Malgré la haine qu'il pouvait ressentir, il s'était rendu compte qu'il venait d'apprendre à un homme qu'il avait perdu un enfant.

— Elle a écrit ces mots : « Dis à Philippe que son fils est mort. » Ce n'est pas quelque chose de facile à encaisser, si tu te mets à ma place deux secondes. Donc maintenant, j'aimerais que tu me racontes encore une de tes grandes histoires. Une de tes anecdotes de terrain. Pose bien le contexte et la couleur, comme on dit au journal.

— Qu'est-ce que la vérité va t'apporter ?

— Comment ça ?

— Quoi que je te dise sur le passé, le résultat restera le même. Nous avons vécu les trente dernières années sans nous côtoyer. Renouer avec toi, c'est tout ce que je souhaite au monde. Si un jour tu as des enfants toi-même, j'espère faire leur connaissance.

— Tu crois vraiment que j'ai envie de faire des gamins, si c'est pour les rendre malheureux ou pour que j'apprenne leur mort des années après ?

— T'es dur, putain !

Simon n'avait pas entendu son père hausser le ton depuis son enfance. Cela lui faisait peur à l'époque,

Philippe étant la figure d'autorité suprême. Il s'en voulut d'avoir ressenti cette ancienne peur à près de quarante ans, venant de celui qui ne portait plus la même légitimité à ses yeux depuis très longtemps. Pourtant, il ne put que se sentir intimidé par le vieil homme en face de lui qui réfléchissait en le fusillant du regard.

— Tu veux que je te raconte ? D'accord, mais il va nous falloir une autre bouteille.

1994

— Je vais te dire pourquoi on doit accélérer la cadence ! C'est pour sauver des vies !

Ce n'était pas sa première mission, mais Philippe n'avait jamais vu un cadre en tenue de randonnée monter ainsi sur ses grands chevaux. On aurait pu croire que son chef était un de ces athlètes sponsorisés par une marque de vêtements de sport, comme Michael Jordan. Charles aimait crapahuter dans la brousse, mais il était très loin de *slammer* un *dunk* au Chicago Stadium. Tout au plus, il bondissait de son fauteuil de bureau déglingué pour engueuler un employé qui aurait raté un objectif, ce qui était le cas de Philippe ce jour-là.

Philippe ne s'expliquait pas pourquoi la plupart des humanitaires, sous le prétexte d'être en mission, s'habillaient de manière si décontractée. Pour ceux qui passaient leur vie sur le terrain, à coordonner des distributions, à réaliser des évaluations de besoins auprès de populations déplacées, ou à soigner des malades affectés par une épidémie de paludisme, il pouvait comprendre que le survêtement soit l'accoutrement le plus pratique. En revanche, Philippe trouvait que ceux qui restaient en t-shirt et sandales dans les bureaux manquaient ainsi de respect aux employés nationaux, pour qui cet emploi était la meilleure opportunité qu'ils pouvaient espérer dans cette petite ville. Surtout lorsqu'ils envoyaient valser leurs tongs et qu'ils exposaient au vu de tous des pieds salis par la poussière. De plus, les Zaïrois mettaient un point d'honneur à se parer de leur plus belle tenue sur leur lieu de travail. Mis à part Papa Moussa, le mécanicien, et encore. Il arrivait que celui-ci cire ses chaussures à l'huile de vidange avant de glisser sous un Land Cruiser, car il savait que c'était le seul vêtement que tout le monde pouvait voir.

Il n'en était pas non plus à porter une cravate, mais la chemise était un minimum pour Philippe. Il était même heureux qu'il ne fasse pas trop chaud dans cette région du Nord-Kivu, car il pouvait enfiler ses chemises à carreaux fétiches et ses Dr Martens et ainsi conserver un élément de son style grunge habituel.

Charles déplia l'ordinateur portable sur son bureau, attendit quelques longues secondes et se mit à tapoter. C'était nouveau, que l'on travaille avec des ordinateurs. Les cadres comme Charles raffolaient de ces gadgets qui leur donnaient l'impression d'être en avance sur leur temps et d'être de meilleurs *leaders*. Philippe ne saisissait pas encore ce que cela apportait, surtout concernant le *leadership* de Charles, mais il resta silencieux et patient pendant que son responsable consultait sa boule de cristal.

— Voilà, je te montre !

Sur ce, le chef tourna le lourd objet *high-tech* vers Philippe. Celui-ci avait la sensation d'entrer dans la confidence en regardant de l'autre côté de ce miroir qui conférait à Charles cet air si supérieur. Il vit sur l'écran un tableau avec des chiffres, répartis par lignes et par colonnes. Il avait déjà pris des cours d'informatique sur ce logiciel. On lui avait dit que c'était l'avenir, et que bientôt il ne pourrait plus travailler s'il ne s'y mettait pas. Philippe n'y arrivait pas, il ne comprenait pas pourquoi parfois on devait *cliquer* une fois sur la *souris* et parfois deux. Il avait cliqué deux fois sur le bouton droit et s'était attiré les foudres de la formatrice, qui avait perdu patience devant son manque de volonté. Il avait conclu que ce n'était pas encore pour lui et qu'il ne s'y habituerait que sous la menace de ne plus jamais travailler. Cependant, il reconnut le tableau sur l'écran de Charles. Il avait le même, dessiné au feutre sur le panneau blanc dans son bureau. Il avait fait ses calculs mentalement, comme il avait appris à l'école, et était arrivé au même résultat que cet objet pliable, qui lui paraissait n'être rien de plus qu'une grosse calculatrice.

— Qu'est-ce que tu veux que je te dise, Charles ? La douane ne laisse pas passer le conteneur. On n'est pas près de récupérer les médocs tant qu'ils ne valident pas notre paperasse.

— Mais comment on fait ? C'est quoi le problème ?

— J'ai appelé Paris, ils ont mal écrit un truc sur le formulaire, donc ils vont essayer de nous envoyer une version corrigée par fax. Sinon, ce sera avec le premier expatrié qui viendra. Je te laisse imaginer le délai.

— Hors de question ! Bon, le fax, ça devrait le faire ?

Philippe sortit du bureau de son chef et se glissa dans le sien, dont l'entrebâillement était encombré de cartons. Ils devaient livrer 200 boîtes de 10 sachets de 20,5 grammes de sel de réhydratation orale avec le prochain camion pour Rutshuru, le lendemain. Les collègues de la pharmacie n'avaient pas trouvé de meilleur endroit pour les stocker que son bureau. À l'intérieur, sa collaboratrice zaïroise, Séraphine, était en train de coller des feuilles sur les différents cartons avant de noter sur chacune la destination du colis. Le capuchon du feutre entre les dents, elle leva les yeux vers Philippe et l'une de ses épaisses tresses tomba devant son visage.

— Salut, boss. Ça s'est bien passé, avec le grand chef ?

— Très bien ! Il faut qu'on fasse toujours plus, plus vite, et que le siège et le service des douanes en fassent de même.

Elle rit et secoua la tête. Philippe ne savait pas si ce réflexe signifiait que ce n'était pas vraiment drôle, en réalité, ou que ce sacré vieux Charles ne changerait jamais. Dans tous les cas, elle l'amusait. Issue d'une assez bonne famille gomatracienne, elle avait eu la chance de pouvoir suivre des études et décrocher un job qui lui permettait de subvenir aux besoins de ses deux enfants. Son mari voguant de petit boulot en petit boulot, il semblait que c'était Séraphine qui courait partout, passait sa journée au bureau, emmenait la grande à l'école, le plus jeune chez sa grand-mère, et qui s'occupait de toute la paperasse.

Alors que Séraphine se remettait à ses feuilles, Philippe consulta le tableau blanc avec les prochaines commandes. Lorsqu'il en arriva à la conclusion que son cerveau moulinait dans le vide, il décida de se servir un verre d'eau et d'aller déranger Malou. Après tout, il était presque l'heure de l'apéro.

L'infirmière en chef, dont les cheveux platine semblaient soyeux en toutes circonstances par une quelconque magie, travaillait seule dans son bureau lorsqu'il improvisa un petit rythme de percussion sur la porte. Il se demanda si les rares personnes présentes dans les couloirs à cette heure-ci savaient qu'il n'était pas là pour parler de la livraison urgente de SRO, mais pour corrompre sa collègue en l'invitant à boire un autre genre de solution de réhydratation orale.

— Dure journée ? la questionna-t-il.

— Ça va ! C'est sport, avec cette histoire de choléra à Rutshuru. Il va falloir que j'y aille bientôt. Tu sais si les médocs sont prêts ?

— Séraphine est en train de finaliser l'envoi, ce sera bon et paré à être expédié demain à la première heure.

— Super ! J'ai toujours su que c'était elle qui faisait tout le travail !

Elle accompagna cette remarque d'un clin d'œil.

— Si je travaillais autant qu'elle, je n'aurais jamais un moment pour venir t'embêter !

— T'avais besoin de quelque chose ?

— D'aller boire un coup, ma belle !

Elle rit aux éclats, avant de reconnaître qu'elle avait envie d'un petit remontant, elle aussi. Ils convinrent de se retrouver dans la cour quinze minutes plus tard, le temps de fermer boutique. Philippe retourna dans son bureau et constata avec joie que Séraphine avait terminé sa tâche. Elle était en train de lui laisser un mot, ne sachant pas quand il reviendrait de sa « réunion » avec Malou. Les colis étaient prêts. Il ne restait plus qu'à charger les voitures qui partaient le lendemain à l'aube. Rutshuru n'était qu'à soixante-dix kilomètres, mais le trajet prenait toute la journée en raison de l'état des routes. Si la saison des pluies était particulièrement rude, il arrivait même que le convoi soit obligé de faire demi-tour et prive ainsi de nombreuses personnes de traitement.

Quelques minutes plus tard, assis sur des tabourets en plastique devant le conteneur de coin de la rue, où Espérance avait ouvert un débit de boissons, Philippe et Malou sirotaient une Primus tiède au goulot.

— T'es content de rentrer? demanda-t-elle.

— Carrément! Si on n'avait pas un chef aussi con, je prolongerais. Franchement, j'aime bien ici. Le boulot est intéressant, on fait une vraie différence! Les collègues sont sympas…

— Ce n'est pas évident de recruter, pourtant.

— Non, mais que veux-tu dans un pays qui vit sous le joug d'un dictateur depuis près de trente ans?

Malou ouvrit grands les yeux. Philippe n'ignorait pas qu'il avait dit cela trop fort. Cela constituait l'un des signes que l'on était en fin de mission, qu'on n'en avait plus rien à foutre. Mais ce n'était pas prudent. Les deux expatriés ne portaient pas le logo de leur association sur leurs vêtements, mais le voisinage savait qu'ils travaillaient pour Action internationale. Il était imprudent de critiquer Mobutu Sese Seko en public, même si l'aura de celui-ci s'était grandement dégradée au fil des crises et depuis l'avènement récent du multipartisme.

L'ancien Congo belge n'avait obtenu son indépendance que depuis une trentaine d'années, et son développement tardait à se mettre en route. Les organisations humanitaires, dont celle qui confiait à Philippe la plupart de ses missions, s'intéressaient depuis quelque temps à cette immense nation dont les souffrances sous Mobutu se révélaient chaque jour sous une lumière plus laide. Après avoir accaparé le pouvoir du premier gouvernement libre, le dictateur avait commencé par *zaïrianiser* le pays pour l'affranchir de toute influence culturelle européenne. Depuis, il s'enrichissait en étouffant l'opposition ainsi qu'en exploitant ses compatriotes et les ressources du sol à des fins personnelles. Pauvreté, épidémies, insécurité alimentaire... Quelle que soit la zone où l'on se trouvait, on entendait le peuple gronder.

Si les expatriés ne risquaient pas trop d'être agressés ou mis en prison, leur organisation pouvait avoir de sérieux ennuis avec les autorités, et toutes les personnes qui dépendaient de leur aide en pâtir. Malou changea de sujet :

— T'es content de retrouver ta petite famille ?

— Carrément !

— Il a quel âge, déjà, le petit ?

— Je crois que le dernier anniversaire que j'ai raté était son... neuvième ?

— Il est temps que tu rentres ! fit-elle avec un sourire dépité.

***

Il n'était jamais évident de revenir, même s'il était content de retrouver Clémence et le petit bonhomme, ainsi que sa ville chérie, Marseille. Le décalage entre la pauvreté dont il avait été témoin au Zaïre et l'opulence dans laquelle on vivait en France le mettait mal à l'aise après chaque mission. Il n'avait pas vu d'horreurs cette fois-ci. La misère, bien entendu, mais pas d'atrocités. Il fallait avoir le cœur bien accroché pour faire ce travail, qui l'envoyait auprès des populations les plus souffrantes du monde.

En tant que logisticien, Philippe était parti dès les années 1980 avec Médecins sans frontières, là où l'on avait besoin de lui et de son engagement. À l'époque, ce métier s'apparentait plutôt à celui d'homme à tout faire. Il s'occupait aussi bien de commandes de matériel ou de médicaments, d'achat et d'entretien d'équipements et de véhicules, de gestion des stocks allant de vaccins au papier toilette, de maintenance de locaux ou de la chaîne du froid. Heureusement qu'il aimait la variété des tâches, l'absence de routine et qu'il gérait bien le stress. Il lui était arrivé un nombre incalculable de fois de devoir laisser tomber tout ce qu'il était en train de faire, car une urgence avait été déclarée et qu'il fallait y répondre en priorité absolue. Ce rythme saccadé lui allait comme un gant, notamment parce qu'il ne tenait pas en place. En véritable pile électrique, il pouvait perdre sa concentration s'il ne changeait pas régulièrement de tâche.

Au gré des missions, les équipes s'agrandissaient et, très vite, il passait plus de temps dans un bureau que sur le terrain. Il avait vu la différence cette fois-ci, car il avait laissé davantage de responsabilités à Séraphine, qui s'était révélée une bonne coéquipière. Ce n'était pas parfait et Philippe devait parfois repasser sur ce qu'elle faisait, mais il fermait souvent les yeux sur les choses moins importantes afin de lui donner confiance.

Cela n'avait pas été pareil lors de ses précédentes missions, en Afghanistan, au Cambodge ou encore en Éthiopie. Il avait parcouru des centaines de kilomètres à dos d'âne par des températures frôlant tantôt les -20 °C, tantôt les 50 °C. Il avait été brancardier sur des champs de bataille, il entendait toujours les cris de civils grièvement blessés implorant que leurs souffrances cessent. Il avait vu des nourrissons mourir de malnutrition dans une tente de réfugiés en plein milieu du désert. Il avait ramassé des membres d'enfants, déchiquetés par des mines déguisées en jouets dans les rizières.

Et puis, il y avait eu la télévision. Lors d'une soirée à Paris, on lui avait présenté une journaliste qui souhaitait réaliser un reportage sur la Roumanie post-Ceaușescu. Il lui fallait quelqu'un qui connaissait le terrain, ou en tout cas qui savait se débrouiller n'importe où. Philippe avait accepté de l'emmener et tout s'était bien passé. Après cela, les confrères de cette journaliste étaient venus frapper à sa porte pour les accompagner ici ou là. Il faisait le fixeur pour assouvir sa soif d'aventure entre deux missions humanitaires, et il aimait cela. Parfois, il prêtait la main au tournage et avait appris à se servir d'une caméra, les valeurs de plans, le montage…

— Tu viens dîner ?

Clémence interrompit ses rêveries, alors qu'il dégustait un pastis sur la terrasse de leur appartement situé à Endoume, à deux pas du vallon des Auffes. Il se leva difficilement et retrouva sa petite famille dans la cuisine, où ils avaient l'habitude de manger. Ce soir, c'était foie de volaille et purée. Ce n'était qu'à près de quarante ans qu'il avait commencé, tout doucement, à apprécier le foie. Notamment pour le jus de cuisson, qu'il s'amusait à verser au milieu d'un cratère creusé dans la purée, comme quand il était gosse. Cela divertissait beaucoup son fils, qui l'imitait en tout.

Clémence les observa mener leur rituel en parfaite synchronicité, avec un sourire toujours aussi ému. Chaque fois qu'ils mangeaient de la purée, elle avait droit à ce spectacle de mimétisme entre le père et son sosie miniature. Elle n'en ratait jamais une miette. Bien qu'elle connaisse la nature du travail de Philippe, pour l'avoir fait avec lui jusqu'à l'arrivée de Simon, elle s'imaginait souvent qu'il pourrait ne pas rentrer. Bientôt dix ans qu'elle avait arrêté les missions. Cela lui manquait beaucoup, mais la dernière ne s'étant pas bien passée, alors qu'elle était enceinte, elle préférait laisser partir Philippe tout seul depuis. Même si elle ne pouvait s'empêcher de craindre le jour où il ne reviendrait plus.

— Tu viens voir les Pangolins ?

— Bien sûr, j'arrive !

Elle aimait bien regarder ses copains jouer au football. Depuis qu'ils étaient petits, les garçons prenaient cela très au sérieux. Ils s'entraînaient ensemble depuis tellement longtemps qu'ils se connaissaient tous par cœur et forgeaient ainsi une équipe redoutable. On les avait surnommés les Pangolins en raison de leur tactique défensive efficace, qui n'était pas sans rappeler l'armure d'écailles du mammifère local, qui se roulait en boule pour se défendre de ses agresseurs. Ils n'avaient joué que contre les autres clubs de la ville, mais ils engrangeaient les bons résultats et avaient même réussi à convaincre monsieur Désiré de devenir leur sponsor. C'était un épicier assez riche du centre de Butare qui avait été d'accord pour financer du matériel à condition qu'ils portent le nom de son magasin sur leur maillot. Il avait cependant demandé qu'ils changent de couleur, passant de leur historique panoplie violette à un bleu plus proche de celui du logo de l'épicerie. Ils avaient accepté avec joie les nouveaux maillots, les ballons et même des chaussures à crampons. Leur club se transformait presque en professionnel. Les joueurs avaient maintenant vingt ans, et attiraient un certain public de quelques dizaines de personnes chaque fois qu'ils disputaient un match à domicile. Leurs rencontres avec les équipes des quartiers voisins étaient devenues des rendez-vous incontournables pour la communauté, après la messe. Ce jour-là, ils jouaient contre une équipe de réserve du Mukura FC, le grand club de Butare. Pour les jeunes Pangolins, c'était la plus fabuleuse épreuve de tous les temps, l'équivalent d'une finale de Coupe du monde. La rumeur voulait que même leur sponsor, monsieur Désiré, l'épicier, assisterait à la confrontation. La pression était à son comble.

Norah aimait l'équipe et l'ambiance des matchs, mais elle venait surtout pour voir jouer Pancrace, son meilleur ami dont elle était secrètement amoureuse. Lui, il n'avait semblé penser qu'à ses copains et au football, mais son regard changeait progressivement au fil des années. Peut-être souhaitait-il la même chose qu'elle, qu'il se passe quelque chose, qu'ils deviennent plus qu'amis et fondent une famille ? La famille de Pancrace possédait une terre de taille respectable qu'ils entretenaient à la force des bras de jour en jour. Si son rêve se métamorphosait en réalité, ils ne refuseraient certainement pas son aide au champ. En tant que Tutsie, il n'était pas d'usage de travailler le sol, car ils étaient traditionnellement des éleveurs, mais les passerelles se faisaient quand même.

Elle retrouva Wendy au moment du coup d'envoi. Sa copine de toujours ne s'intéressait pas vraiment au football. Elle venait aux matchs parce qu'il n'y avait rien d'autre à faire et tout le monde était là. Elles restèrent debout à quelques mètres de la ligne de touche et papotaient pendant que leurs amis se débattaient sur le terrain. Pancrace arborait le numéro six dans son dos, qui correspondait au poste de milieu défensif. Il leur avait expliqué un jour pourquoi ce rôle était si important, mais elles n'avaient rien compris. En tout cas, il était extrêmement concentré sur la partie et ne prêtait aucune attention à elles. Parmi les coéquipiers, les copines reconnurent Adalbert, attaquant avec le numéro neuf, et Pio, arrière gauche avec le numéro trois, avec qui elles étaient aussi allées à l'école.

Les Pangolins étaient malmenés. Ils avaient encaissé un but au bout d'une demi-heure de jeu et peinaient à revenir. Leur stratégie défensive ne semblait pas porter ses fruits, ou bien elle les avait aidés à ne pas prendre davantage de buts, elle n'aurait pas su dire. En tout cas, à la mi-temps, l'entraîneur s'adressait sans aucune tendresse à Pancrace et ses camarades. Alors qu'ils retournaient sur le terrain pour essayer de rattraper leur retard en deuxième période, les filles se permirent d'encourager leurs chouchous :

— Allez les Pangolins !

— Allez !

Pancrace les regarda et leur fit un clin d'œil, leur décrochant ainsi un sourire. Dans les secondes qui suivirent, Pancrace alla s'entretenir avec un joueur de l'équipe adverse, un colosse. Ils se parlaient de très près sur un ton qui paraissait agressif. L'arbitre remarqua la scène et vint les séparer immédiatement en faisant retentir son sifflet. La tension sur le terrain était palpable et les jeunes femmes supposèrent que c'était dû à la testostérone et à l'enjeu démesuré de cette partie de pousse-caillou. Les garçons reprirent leur poste, mais le colosse laissa toutefois traîner un regard en direction des filles. Ce n'était pas le regard habituel d'un homme attiré par une femme. Il y avait de la haine dans ses yeux. Rien que pour cette désobligeance qu'elles notèrent en silence, elles redoublèrent leurs encouragements pour Pancrace et les siens.

La seconde mi-temps ne se déroula pas du tout comme la première. Les tacles étaient plus appuyés, les remplacements se succédaient, les altercations entre joueurs se multipliaient. À quelques minutes de la fin, le Mukura FC marqua un second but, tuant le match. Pancrace et les siens protestèrent auprès de l'arbitre, plaidant pour un hors-jeu du buteur. L'officiel palabra un peu, faisant des gestes d'apaisement. On aurait dit qu'il voulait seulement que le match se termine. Lorsque les adversaires se mêlèrent de la discussion, les événements prirent une tournure différente. On commença à se pousser, à parler fort. Bientôt, les spectateurs appelèrent au calme, huant les fauteurs de trouble. L'arbitre répétait les coups de sifflet, mais personne n'écoutait. Le ballon avait été oublié et c'étaient désormais les insultes qui étaient envoyées d'un camp à l'autre.

Un Pangolin émergea du tumulte en se tenant le visage. Il avait été blessé et s'affala sur la pelouse. Après un bref instant de calme, les joueurs se ruèrent les uns sur les autres, se frappèrent des poings, des coudes, des pieds. L'un d'entre eux enleva une chaussure à crampons et s'en servit comme d'une arme, visant la tête. Le match n'existait plus, on assistait désormais à une bagarre générale, à laquelle se mêlaient des spectateurs.

Les filles décidèrent de s'éloigner, se disant que les hommes étaient vraiment très bêtes de recourir à la violence pour un vulgaire match de foot. Elles avaient un peu l'impression d'abandonner leurs copains, mais ils avaient cherché l'altercation aussi et méritaient peut-être leurs coquards et leurs cicatrices. En partant, elles perçurent certains propos tenus sur le terrain. Des injures, des railleries, des attaques verbales. Ils allaient très loin et utilisaient un vocabulaire qui n'était pas habituel de la part de leurs amis. Ils ne s'accusaient plus du tout de tricherie, ni de jouer trop agressivement. Norah sut qu'il ne s'agissait plus du tout de football quand elle discerna « putes tutsies », « cancrelat ». Ou encore cet autre mot qu'elle entendait parfois à la radio, sur une station populiste qui draguait de plus en plus d'oreilles chaque jour en attisant la haine anti-Tutsis. La Radio Mille Collines les désignait comme des « cafards ».

Il allait se servir un troisième pastis en attendant le journal télévisé quand la sonnette émit sa tonalité insupportable de robot festif pourri. Clémence était dans la salle de bains, Simon jouait dans sa chambre. Comme tous les jours, il devait encore s'amuser avec ses figurines de catcheurs pour lesquelles il nourrissait une véritable obsession depuis quelque temps. Sa chambre était tapissée d'affiches de ces monstres ridicules, tels que Hulk Hogan avec sa moustache de camionneur, ou Bret Hart dans ses collants roses. Franchement, on aurait plutôt dit des acteurs de films érotiques, ce qui n'était pas sans inquiéter quelque peu Philippe, qui aurait peut-être préféré que son fils affirme davantage sa fierté d'être un fervent supporter de l'Olympique de Marseille. Malgré la disgrâce de Bernard Tapie en pleine affaire OM-VA et son expulsion de la compétition européenne, dont ils étaient champions en titre, Philippe insufflait régulièrement sa passion pour le club à Simon.

Les invités avaient un peu d'avance, mais ce n'était pas bien grave. Il ouvrit la porte de l'appartement et accueillit Denis qui imitait le robot en hommage à sa sonnette, pour le plus grand bonheur de Sophie, qui tenait une bouteille de blanc et un gros paquet de chips. Denis, carrure de boxeur et coiffure qui rappelait des temps plus anciens, était un pote de Philippe depuis de nombreuses années. Sa copine Sophie, minuscule et avec un humour noir à faire blêmir Desproges, allait comme un gant de boxe à ce vieux brigand. Ils venaient souvent voir Clémence quand Philippe était en mission et Denis était un véritable héros pour Simon.

— Comment va le minot ? Il ressemble toujours autant à son père, le pauvre ? demanda justement Denis.

— Ça va, carrément ! Il a une passion pour le catch en ce moment. Fais attention qu'il te mette pas une descente du coude !

— Je lui répondrais avec un coup de la corde à linge !

Ils s'installèrent sur la terrasse et Philippe, en bon maître de maison, leur proposa immédiatement de leur servir l'apéro. Il agita son verre estampillé « 51 », dans lequel tinta ce qui restait de glaçons, pour annoncer l'atout. La moue d'approbation avec une touche de respect signifiait que Denis le suivrait. Sophie, en revanche, demanda un tire-bouchon afin de se débrouiller toute seule avec sa bouteille. Le petit venait timidement dire bonjour et faire tourner le bol de cacahuètes alors que Clémence sortait de la salle de bains, tout apprêtée. Denis attrapa le garçon dans une prise de judo, ce qui le fit exploser de rire.

Clémence appréciait beaucoup Denis et Sophie, mais ne pouvait s'empêcher de voir en Sophie une potentielle rivale devant son mari. Elle trouvait que Philippe riait un peu fort aux blagues acerbes de la menue Sophie et que cette dernière était un peu trop tactile à son goût. Clémence enfouissait ses peurs et ses soupçons, se disant qu'il n'y avait aucun signe concret de quoi que ce soit. Philippe et Denis étaient beaucoup trop proches pour que l'un d'entre eux trahisse l'autre. Clémence savait aussi qu'elle avait tendance à s'imaginer le pire, notamment en raison de son passé instable.

« *Bonsoir ! L'inquiétude des Français du Rwanda, le trouble d'Édouard Balladur à Pékin…* »

L'oreille de Philippe avait été attirée par le poste de télévision qu'il avait oublié d'éteindre quand les invités étaient entrés. Le journal de France 2 venait de commencer. Il se leva.

« … *le héros anonyme du Paris-Roubaix quotidien et le suicide du chanteur du groupe rock Nirvana : voilà les nouvelles du jour. La plus terrible arrive d'Afrique, de Kigali au Rwanda, où les affrontements politiques et ethniques auraient fait plusieurs dizaines de milliers de morts. Il y a dans ce pays près de trois mille étrangers, dont six cents Français. C'est la raison pour laquelle des soldats français ont été déployés ce matin dans la ville pour commencer l'évacuation des ressortissants occidentaux.* »

Putain. Ça part en couille. Philippe ne croyait pas ce qu'il entendait de la bouche de Paul Amar au journal télévisé. Il n'avait pas eu le temps d'encaisser la mort de Kurt Cobain qu'il voyait que la situation au Rwanda dégénérait. Il était également choqué du traitement par France 2 de cette information. Ils trouvaient plus important de couvrir l'évacuation des ressortissants français que le fait que le nombre de victimes des troubles se comptait désormais par dizaines de milliers. Il pesta contre son poste de télévision.

— Mais on s'en fout, du point de vue des Français ! Y a des gens qui se font massacrer, putain !

Denis rejoignit Philippe dans le salon pour savoir pourquoi son ami venait de s'emporter d'un coup. Il le vit debout, face à l'écran, obnubilé par les images.

Trois jours. C'est tout ce qu'il aura fallu aux milices hutues, les Interahamwe, ainsi que tous leurs soutiens populaires, pour tuer des dizaines de milliers de personnes. Depuis la mort du président Habyarimana, le pays était à feu et à sang. Une rivalité ancienne entre Hutus et Tutsis, qui avait déjà été attisée par les colons belges dès le début du XXe siècle, était instrumentalisée par le pouvoir depuis des années. Maintenant que le chef d'État venait, vraisemblablement, d'être assassiné, les chiens étaient lâchés. Nul ne pouvait deviner jusqu'où cela irait. La France et la Belgique faisaient l'autruche en évacuant leurs ressortissants et les Casques bleus semblaient impuissants.

— C'est pas là où t'étais ? demanda Denis.

— Non, j'étais au Zaïre, mais juste à côté. J'étais à cinq cents mètres de la frontière rwandaise.

Denis, qui s'inquiétait toujours un petit peu quand son ami partait à l'autre bout du monde, regarda son verre, fit tourner les glaçons en y cherchant un indice. Il s'aventura :

— Tu vas y aller ?

— Je ne sais pas, mais je ne vais pas rester les bras croisés, en tout cas.

Lors des jours suivants, Philippe avait pris son téléphone et appelé tous ses contacts, humanitaires, diplomates, journalistes, tous ceux qui pourraient le renseigner sur la situation. Il voulait surtout les informer qu'il était disponible s'il pouvait faire quoi que ce soit. Entendre par là : se rendre sur place sans hésiter.

Plonger au cœur de l'horreur.

Il apprit que la France, la Belgique et l'Italie avaient envoyé des troupes à Kigali, mais dans l'unique but d'évacuer les citoyens étrangers. Il était hors de question pour eux d'intervenir, car c'était une affaire de souveraineté nationale. Une guerre civile avait lieu entre les forces armées rwandaises et la rébellion, principalement tutsie, du Front patriotique rwandais de Paul Kagame. Ce dernier était assisté de forces ougandaises dans une coalition qu'on surnommait les *Inkotanyi*. Il fallait laisser l'histoire du pays suivre son cours, disait l'Occident, malgré les massacres de milliers de personnes. Un nouveau gouvernement avait rapidement été formé et la position officielle était que l'armée travaillait à écraser la rébellion, responsable, selon eux, de la mort du président Habyarimana.

En réalité, l'armée, les milices et tous leurs soutiens populaires consacraient leurs efforts à éradiquer les Tutsis. Le nouveau Premier ministre, Jean Kambanda, prenait la parole, affublé d'une vareuse militaire et brandissant un pistolet. Il incitait le peuple à massacrer ses voisins, alors que les contingents français et belges, ainsi que les Nations unies, assistaient impuissants au spectacle.

La proposition de Philippe de se rendre utile ne provoqua pas l'effet escompté. Il aurait voulu qu'on lui dise de faire sa valise et de prendre le premier avion pour Kigali, mais l'invitation ne venait pas. Ses relations dans l'humanitaire disaient toutes qu'ils évaluaient encore la situation et faisaient profil bas en attendant que ça se calme. Ils privilégiaient plutôt le scénario d'évacuation des membres du personnel expatrié, par peur de représailles de la part de l'armée ou des milices. Médecins sans frontières avait rapatrié en priorité tous ses volontaires de nationalité belge, craignant un ciblage particulier. Ils n'avaient même plus aucun contact avec certains membres du personnel national, divisés dans leurs opinions ou cherchant à mettre leur famille à l'abri. De loin, cela ressemblait à l'anarchie.

Clémence observait le phénomène, devenu récurrent, de la machine qui redémarre. Philippe était rentré du Zaïre depuis quelques semaines déjà, et ça le démangeait de se remettre au travail. Il jouait moins avec son fils, passait plus de temps devant la télévision, ce qui pourtant l'exaspérait normalement, buvait peut-être un peu plus que d'habitude et ils faisaient moins souvent l'amour… Philippe était désormais mûr pour repartir. Elle suivait avec lui toutes les avancées du contexte rwandais, lui demandant tout ce qu'il avait appris de chaque conversation téléphonique avec Paris, Kigali, Goma, ou même ses contacts onusiens à New York.

Bien sûr, les départs successifs de son mari l'attristaient, mais Clémence ne le montrait pas. Elle n'ignorait pas qu'il partait de manière responsable, sans s'exposer à trop de dangers, avec un cadre bien structuré. Elle n'était pas particulièrement inquiète pour sa sécurité, car elle savait qu'il faisait attention. Il travaillait pour des organisations qui étaient présentes depuis un certain temps dans les zones d'intervention. Elles avaient mis en place des mesures de sécurité et tissé un réseau de renseignement leur permettant d'anticiper les changements de contexte qui pourraient déboucher sur des risques. Même dans la vallée du Panshir, en Afghanistan, en pleine guerre avec les Soviétiques, elle avait eu peu de raisons d'avoir peur grâce à leurs collègues et amis afghans qui voyaient venir les menaces à des kilomètres. Ils avaient toujours le temps d'enfourcher un âne et de quitter la zone.

Il y avait des combats partout, mais ce qui se passait au Rwanda avait une particularité, quelque chose dans le contexte qui était différent des autres crises, des autres moments où Philippe devait s'en aller. La guerre de Bosnie, qui faisait rage à ce moment-là aussi, ne provoquait pas une réaction similaire. Philippe avait évoqué la possibilité de se mobiliser pour partir à Sarajevo, ce qui n'était pas sans inquiéter Clémence. Le Rwanda, c'était autre chose. Ce qu'elle voyait aux informations, que ce soient les journaux télévisés qui n'y accordaient qu'une minute ou deux, ou les maigres reportages dans la presse, lui suscitait un sentiment malsain. Philippe n'en parlait pas de la même manière. Il était davantage habité, voire possédé par ces massacres.

L'extrême brutalité du conflit ethnique faisait peur. Au fil des jours, on entendait que non seulement les Hutus tuaient les Tutsis, mais ils exécutaient aussi les Hutus qui cherchaient à protéger des Tutsis ou tout simplement qui ne souhaitaient pas prendre part aux exterminations. Ils les assassinaient à coups de machette, les découpaient en morceaux. Ils s'en prenaient tout autant aux femmes et aux enfants, même aux nourrissons. Des étrangers avaient également été éliminés, dont des Casques bleus belges, des hommes armés et formés pour se battre. Qu'en serait-il des humanitaires qui voudraient aider des Tutsis ? Des journalistes qui souhaiteraient montrer des images de ce qui se passait ? Force était de constater que les miliciens ne faisaient pas de quartier.

Clémence savait qu'elle ne pouvait interdire à son mari d'y aller. Elle prenait des pincettes pour aborder le contexte et lorsqu'il évoquait des exactions, elle surjouait un peu ses réactions horrifiées. Elle avait l'habitude d'entendre parler d'atrocités, elle en avait même vu de ses propres yeux, en Afghanistan, en Thaïlande. Cela faisait dix ans qu'elle n'était plus partie sur le terrain, pourtant, elle pouvait encore encaisser les descriptions effroyables avec professionnalisme. Le mauvais pressentiment qu'elle avait au sujet du Rwanda suscitait chez elle un réflexe de survie pour sa famille. Elle se sentait investie du devoir de décourager Philippe de se rendre sur place.

Le téléphone sonna. Comme chaque fois, Philippe bondit et saisit rapidement le vieux combiné, laissant résonner la dernière note dans le salon. C'était Sabine, du siège parisien d'Action internationale, l'organisation pour laquelle il avait travaillé à de nombreuses reprises.

— Quelles nouvelles ? demanda-t-il.

— Franchement, c'est de pire en pire. Je n'ai jamais vu de telles horreurs. D'un côté, il y a une guerre civile, et ils n'y vont pas avec le dos de la cuillère, et de l'autre, il y a les Interahamwe et des citoyens lambda hutus qui traquent les Tutsis partout pour les tuer. Ça rappelle les pogroms. Ils cherchent vraiment à exterminer tous les Tutsis, on dirait.

— Nettoyage ethnique ?

— Oui, c'est exactement ça. On est arrivés dans un hôpital à Kigali pour prêter main forte. Chirurgie de guerre. Le personnel était débordé. Tous les lits étaient occupés, pourtant y en avait des centaines. En faisant le tour, les équipes se sont rendu compte qu'il y avait un cadavre dans la majorité des lits. Quand on a demandé aux soignants sur place pourquoi ces corps n'étaient pas à la morgue, ils ont répondu qu'elle était pleine. Et il paraît que ça débordait, ils devaient entasser les morts.

— Mais ce ne sont pas des soldats tombés sur le front ?

— Non, il y en a même très peu. Ce sont des civils qui sont massacrés, c'est évident. Et s'il y a beaucoup de tués par balle, l'immense majorité a été achevée avec des machettes. Il y a énormément de bras coupés, car les gens se couvrent par réflexe avant de recevoir un coup.

— Et les Casques bleus ne font rien ?

— T'as pas entendu la nouvelle du jour ?

— Quoi encore ?

— La mission des Nations unies pour l'assistance au Rwanda réduit drastiquement sa présence, de 2500 à 270 hommes. C'est franchement à n'y rien comprendre. Leur commandant, un Canadien nommé Roméo Dallaire, est furieux. Déjà qu'il ne pouvait pas faire grand-chose, en plus on lui enlève le peu de moyens qu'il avait !

— C'est carrément la porte ouverte à toutes les fenêtres.

— Oui, c'est presque comme si la communauté internationale donnait la permission au gouvernement de tuer son propre peuple. Ils ne se rendent pas compte que ce gouvernement est volontairement en train d'éradiquer une partie de sa population.

— Mais pourquoi ils se retirent ? Ça n'a aucun sens !

— Ils invoquent la souveraineté nationale. Le gouvernement est soi-disant démocratiquement élu et les Nations unies se doivent de respecter ça. Officiellement, ces morts sont des victimes collatérales de la guerre civile.

Philippe resta silencieux quelques secondes. Il n'en croyait pas ses oreilles. Il réfléchissait aux autres aspects de la crise.

— Et les rebelles, ils font quoi ?

— Ils avancent, et vite. Ils arrivent de l'Ouganda et s'approchent de Kigali. L'armée rwandaise est tellement occupée à massacrer des civils qu'elle ne mène pas son combat contre les rebelles. Le seul scénario qui laisse la place à une résolution, c'est une victoire du Front patriotique rwandais. Attention, ce ne sont pas des tendres non plus, mais il n'y a qu'eux qui peuvent mettre fin à cette boucherie, je pense.

— Il y a des réfugiés ?

— Oui, mais pas tant que ça, paradoxalement ! Les gens qui réussissent à passer entre les mailles du filet et à traverser les frontières ne sont pas légion : on en dénombre 4 000 en Ouganda, 8 000 en Tanzanie… En ce qui concerne le Burundi, c'est moins clair, car il y avait déjà des milliers de réfugiés burundais au Rwanda…

— Et au Zaïre ?

— Je te vois venir, Philippe. T'étais à Goma récemment, c'est ça ?

— Oui, et j'ai encore un visa valide. Je peux y être demain !

— Écoute, on y réfléchit sérieusement. Côté Zaïre, il y a peut-être quelques milliers de personnes, mais ils sont étalés entre Goma et Bukavu, séparés par le lac Kivu. Ce n'est pas l'opération que nous privilégions tout de suite. On souhaite se mobiliser, mais là où l'on aura un véritable impact, tu comprends ?

Philippe acquiesça en grommelant. Il se sentait impuissant, inutile.

— Je suppose qu'une intervention clandestine n'est pas à l'ordre du jour ?

— Si tu veux dire entrer dans un pays où les autorités, et même le peuple, découpent tout ce qui bouge, c'est que t'as fumé un pétard de trop, mon pote.

Le ton de Sabine s'adoucit immédiatement, elle avait dû percevoir qu'il n'avait pas apprécié le rejet brutal de son idée, aussi mauvaise qu'elle soit.

— Écoute, dès qu'on a une vision précise, je t'y envoie. Ne t'inquiète pas.

Lorsqu'il mit un pied à terre en descendant du camion, Philippe sut immédiatement qu'il se plairait à Bukavu. La route avait été longue et cahoteuse, mais les bords du lac Kivu, qu'il avait pu apercevoir depuis le véhicule, étaient très jolis. Cette ville paraissait plus respirable que Goma et avait même des airs de village dans certains quartiers qu'il avait traversés. Il y avait beaucoup d'arbres et peu de rues bitumées, ce qui conférait un charme et de l'authenticité à cette localité encore modeste par rapport à sa voisine du nord. Sur la route, les paysages étaient beaux, mais Philippe n'avait pas pu quitter des yeux la rive opposée du lac. Celle où était en train de se dérouler un massacre comme l'humanité n'en avait pas vu depuis la Seconde Guerre mondiale.

Il était parti de Goma aux aurores, dans le plus grand camion qu'il avait pu trouver et qui avait été rempli à ras bord de toutes sortes de matériaux : piquets en bois, bâches, seaux… De quoi construire des centaines de tentes pour les réfugiés qui traversaient la frontière. Ses collègues d'Action internationale l'avaient suivi dans un

Land Rover Defender, un véhicule d'occasion qui tenait bien le choc des routes zaïroises. Philippe était content de retrouver Malou, l'infirmière avec qui il avait travaillé l'année précédente et à qui il faisait confiance. Il découvrait Juan, leur chef de projet d'urgence espagnol, venu en renfort. En plus d'être plutôt bel homme et musclé, celui-ci laissait transparaître une certaine assurance et une intensité dans le regard. Pour l'instant, il s'était montré agréable. Leurs communications radio, entre le Defender et le camion, s'étaient résumées à des vérifications d'usage, notamment pour rassurer les autres membres de l'équipe restés à la base de Goma, tant qu'ils étaient encore à portée.

Ils avaient convenu avec leurs confrères du Comité international de la Croix-Rouge qu'ils pourraient loger chez eux le temps de trouver un local à louer où ils pourraient travailler, vivre et stocker leur matériel. Ils devaient recruter beaucoup d'employés afin de construire les abris pour les personnes « chanceuses » qui étaient parvenues à traverser la frontière. Malou avait la mission de prêter main-forte à l'hôpital général de Bukavu dans le but de fluidifier les possibles afflux massifs de blessés.

Ils arrivèrent devant l'immense entrée de l'enceinte murée de la Croix-Rouge dans le centre-ville. Juan, au volant du Defender en tête de convoi, klaxonna. Sur l'une des portes, une petite trappe s'entrouvrit et se referma après quelques secondes. Le portail fut légèrement poussé et ils virent sortir un homme vêtu d'une chemise à carreaux et portant un talkie-walkie. Il semblait attendre leur arrivée, car il ne regarda que très rapidement les documents que lui montra Juan. Le garde donna l'ordre d'ouvrir les portes par radio, tout en surveillant que la rue restait calme. Les grands battants en aluminium s'écartèrent par leur centre, révélant une immense cour entourée de plusieurs bâtiments de deux étages dans laquelle étaient stationnés une dizaine de Land Cruisers blancs arborant la croix rouge. Philippe remit la première, avança dans la cour et se gara en suivant les gestes de l'homme à la radio. Après la longue route, il n'était pas mécontent d'arriver et de pouvoir enfin éteindre le moteur bruyant. Il sauta à terre et se rappela ses rudiments de swahili pour saluer les employés de la Croix-Rouge présents, qui devaient être des chauffeurs, des mécanos ou des gardiens. « *Jambo! Habari?* » Chacun d'entre eux était ravi qu'il fasse l'effort de parler leur langue et ils répondirent formellement « *Jambo sana! Mzuri! Karibu!* » Il les entendit ensuite bavarder entre eux, mais ne comprit pas grand-chose. Il capta le mot *mzungu*, le terme qui désignait les étrangers ou les Blancs, et qui signifiait en réalité « les hommes qui vont et viennent ». Que ce soit à l'époque des commerçants arabes ou des colons belges, on devait trouver que les étrangers ne faisaient que se déplacer de village en village. C'était encore très pertinent dans le cas de leur périple du jour, se dit Philippe.

Philippe, Malou et Juan furent bientôt rejoints dans la cour par un grand blond barbu portant un polo et des mocassins, avec un badge de la Croix-Rouge autour du cou. Il se présenta comme Christian, chef de la délégation. Il les invita à le retrouver dans son bureau à l'étage, après leur avoir demandé s'ils avaient besoin d'eau ou de se rafraîchir. Dans l'habitacle du camion, Philippe avait roulé les fenêtres ouvertes et avait donc reçu pas mal de poussière. Il décida cependant de faire attendre la douche et se contenta d'une tasse d'eau potabilisée qu'il tira d'un jerricane. Dans le bureau de Christian, celui-ci leur exposa la situation :

— Ça fait maintenant quelques semaines depuis le déclenchement des violences à grande échelle, et je crois qu'on peut dire qu'il n'y a pas un seul habitant qui ne soit pas touché de près ou de loin par la crise. Comme les autres organisations humanitaires présentes au Rwanda, nous avons fait évacuer la plupart de notre personnel et nous entreprenons d'opérer depuis le Zaïre. Nous sommes les derniers à avoir encore quelques représentants qui ont tenu à rester à Kigali et qui tentent de dialoguer avec le nouveau gouvernement. Ils font face à un véritable mur dans leurs négociations, par exemple lorsqu'ils demandent l'accès aux prisons.

— S'ils sont en train de tuer tout le monde, il ne doit pas y avoir grand-monde dans les cellules, osa Malou.

— C'est le devoir du CICR de se rendre dans tout centre de détention pour observer les conditions d'internement, selon la convention de Genève. Or, dans le contexte actuel, vous avez un peu raison, on parle d'exécutions extrajudiciaires. On discute donc avec les autorités, mais aussi les autres preneurs de décisions Interahamwe, des responsables communautaires et même Théoneste Bagosora, celui qu'on soupçonne être le véritable architecte de la crise.

— Vous pensez que c'est lui qui a fait abattre l'avion du président ? demanda Philippe.

— Rien ne le prouve, mais ce ne serait pas étonnant.

— Vous dialoguez également avec le Front patriotique rwandais ?

Christian voulait en revenir aux faits et ne pas supputer. Il était important de comprendre les rouages de cette crise, mais ils n'avaient pas le temps de spéculer, ils devaient agir vite. Il était difficile de saisir ce qui se passait au Rwanda dans la mesure où aucun observateur neutre n'était en mesure de témoigner, mis à part les quelques délégués de la Croix-Rouge encore présents à Kigali.

— Bien sûr, nous avons une ligne avec Paul Kagame, mais je ne peux pas vous en dire plus, vous le comprendrez.

Entre humanitaires, ils se faisaient confiance, mais la fuite involontaire d'un simple détail pouvait compromettre l'issue de la guerre. Les membres d'Action internationale le savaient et ne discutèrent pas. Juan changea le sujet :

— À part le dialogue avec le régime, vous parvenez à agir ?

— Oui, nous réalisons des distributions de nourriture à Kigali et dans quelques collines des deux côtés du front, auprès des civils. Nous faisons des interventions à l'hôpital de Kigali aussi. On reçoit dans les 400 blessés par jour. On traite les urgences et après on transfère les Tutsis dans un autre hôpital en zone rebelle. Je ne vous raconte pas les risques que prennent les ambulances, entre les obus et les embuscades. Certains patients n'arrivent pas à destination. Ce qui est très clair, c'est qu'il est extrêmement difficile d'avoir davantage d'impact dans le pays. Il est beaucoup trop dangereux pour nos collègues rwandais d'en faire plus. On s'aperçoit aussi que l'attention médiatique et la communauté internationale perdent progressivement de l'intérêt pour le Rwanda. Cela fait 15 jours, trois semaines, et on en parle déjà moins, on oublie, alors que nous, tout comme vous le ferez je l'espère, nous témoignons chaque jour sur ce que nous observons.

— C'est incroyable, alors que les massacres continuent ! s'indigna Philippe.

— Absolument ! Nous n'avons aucun moyen de le vérifier précisément, mais je pense que le nombre de victimes se compte maintenant par centaines de milliers.

Une chape de silence s'abattit sur eux et mit fin à la conversation. Ils prirent les coordonnées de quelques contacts locaux et se mirent au travail pour installer une base d'Action internationale à Bukavu.

En quelques jours, ils avaient abattu une quantité de travail considérable. Ils avaient trouvé une base au bout de la pointe de la presqu'île de Bukavu. Le critère principal dans la recherche de local avait bien sûr été la proximité avec la frontière, mais une vue sublime sur le lac Kivu, ses couchers de soleil et les barques de pêcheurs à l'aube ne gâchait rien. Ils avaient réussi à récupérer un vieux Land Cruiser qui ferait office d'ambulance en plus du camion et recruté des journaliers qui allaient déjà les aider à construire les abris. Ils passeraient ensuite à l'approvisionnement en eau, puis se coordonneraient avec différentes organisations, dont le Programme alimentaire mondial, pour faire venir de la nourriture. Ils allaient mettre sur pied un camp de réfugiés de A à Z.

Ils entendaient parler de personnes traversant la frontière au point le plus probable : le pont Rusizi, qui enjambait la rivière du même nom et qui conduisait directement au centre-ville de Bukavu. À force d'agrandir son réseau de renseignement, Juan eut vent d'un autre regroupement de réfugiés, plus au sud, à Nyalende.

On estimait que des centaines de personnes vivaient dans des conditions déplorables, sous des abris de fortune qui prenaient la pluie, et de maladies. Après une rapide discussion téléphonique avec le chef de mission à Goma, il décida d'aller mener une *explo-action*, une mission d'évaluation qui avait de grandes chances de se transformer en intervention d'urgence. Ils chargèrent le camion dans la journée et se préparèrent à partir dès le lendemain aux aurores, accompagnés des voitures remplies de leurs nouveaux collègues journaliers. Ils devraient en recruter davantage sur place et dans les villages environnants.

À sept heures, Philippe se hissa dans la cabine avec un barda et des casse-croûtes pour trois jours et partit au volant de ce véhicule qu'il commençait à apprécier pour sa robustesse. Ils allaient toutefois le mettre à rude épreuve sur les routes zaïroises réputées pour leur gadoue et les « piscines », ces grosses flaques dans lesquelles on n'avait pas pied. C'était un coup à retourner le camion ou à plonger le moteur dans l'eau. Il faudrait alors finir à pied ou à moto, avec tout le chargement. Heureusement, Nyalende n'était qu'à deux ou trois heures de trajet et non pas à plusieurs jours, comme ce pouvait facilement être le cas dans ce pays gigantesque et dépourvu d'infrastructures.

En tant que *mzungu* au volant d'un poids lourd immense, Philippe attirait le regard des passants, peu habitués à un tel spectacle, surtout dans les petits villages. Les enfants faisaient preuve de davantage de variété de réactions que leurs aînés. Certains affichaient la peur devant l'étranger, d'autres agitaient les bras ou faisaient des grimaces en criant « *Mzungu!* » Les adultes scrutaient avec méfiance ou saluaient cordialement. Les personnes âgées joignaient les deux mains en l'air pour dire *Tuko pamoja*, « On est ensemble ».

Dans la cabine, il était accompagné d'Eugide et de Philémon, qu'il avait recrutés la veille pour leurs compétences en mécanique. Le premier, assez loquace, testa Philippe sur ses connaissances en swahili alors que le second ne parlait pas bien français et participait uniquement avec des sourires quand il comprenait, vaguement, le sujet que ses compagnons de voyage abordaient. L'ambiance était assez sereine malgré le contexte et la tâche qui se présentait à eux. Philippe hésita à questionner Eugide sur sa compréhension de la crise qui se déroulait de l'autre côté de la frontière. Ce n'était peut-être pas une bonne idée de réveiller des tensions entre communautés, mais il prit la température tout de même.

— Tss, c'est très compliqué! résuma Eugide, avec un ton fataliste. Hutus et Tutsis sont des cousins, mais le gouvernement veut tuer les Tutsis. C'est triste. Ici au Zaïre, il y a des Banyamulenges depuis longtemps déjà. Ce sont des éleveurs. Nous, les Bantous, nous sommes plutôt des agriculteurs. Depuis toujours, ce sont des métiers qui ne s'entendent pas, mais qui ne peuvent pas vivre l'un sans l'autre.

L'éclairage d'Eugide parut à Philippe tout à fait pacifique et surtout doté de beaucoup de sagesse. Il espérait que cette vision était partagée par tous les concitoyens de son nouveau collègue, mais ce n'était peut-être pas gagné, surtout si l'on quittait la ville et que l'on s'enfonçait dans la jungle zaïroise le long de la frontière rwandaise. Pourvu que l'absence de ressources dans ces régions reculées ne fasse pas perdre cet esprit *Tuko pamoja*, et qu'ils arrivent à régler les différences ensemble, pensa-t-il.

Au bout de trois heures de route cabossée, Eugide, qui connaissait un peu la zone, apprit à Philippe qu'ils approchaient de Nyalende, information qu'il transmit par radio aux deux voitures qui étaient derrière eux. Il était difficile d'imaginer que, dans une vallée aussi verdoyante et calme, on était si près d'un territoire où se déroulait un massacre à chaque instant. À l'approche du village, ils aperçurent une colline où les personnes réfugiées semblaient avoir élu domicile. Philippe n'en crut pas ses yeux quand il découvrit ces dizaines d'abris construits avec quelques bâtons et de la paille, à perte de vue. Comment pouvait-on vivre là-dedans ? Aucun de ces abris ne pouvait être étanche et, en cas de pluie, les gens demeuraient à même la boue. Dans ces montagnes, il ne faisait guère chaud. Ils n'auraient pas assez de matériel pour tout le monde, ils allaient devoir effectuer plusieurs voyages.

Eugide indiqua que la maison la plus haute du village devait être celle du bourgmestre. Les trois véhicules s'arrêtèrent sur le bord du chemin. Philippe retrouva Malou et Juan qui avaient enfilé le t-shirt avec le logo d'Action internationale, ce qu'il n'affectionnait pas particulièrement. Juan n'était pas le genre de chef à faire une remarque à ce sujet. Il économisait ses efforts sur des choses plus prioritaires, comme réussir à être accepté par le bourgmestre, qui devait être au courant de leur venue.

Celui-ci ouvrit la porte alors qu'ils s'en approchaient et les invita à entrer. L'homme était un Bantou très jeune pour un poste à responsabilités, il ne devait pas avoir plus de trente ans. Habillé seulement d'un jean et de tongs, avec un t-shirt moulant, il semblait plus occidentalisé que la plupart de ses compatriotes. Il ne sourit pas, mais il serra la main de chacun en mâchonnant nonchalamment un cure-dents. Philippe proposa à Eugide de se joindre à eux, au cas où ils auraient besoin d'une traduction ou au moins de trouver des mots plus justes pour les habitants de la zone. Ils entrèrent dans la maison en rondins de bois très sombre et arrivèrent dans une pièce très modeste qui ne contenait qu'une table et quelques chaises en plastique. Sur l'une d'elles, un homme, pas très grand, était déjà assis. Il avait la peau plus claire, de petits yeux fuyants et un nez pointu. Mise à part sa taille, cet homme était une caricature de Tutsi. À côté du bourgmestre hutu, ils avaient l'air de constituer la preuve que les différences entre les ethnies n'étaient qu'un pur produit de manipulation.

Ils parvinrent à tous entrer dans la pièce en se serrant. Eugide endossa le rôle d'intermédiaire et dit quelques mots en swahili, mais le bourgmestre se présenta comme M. Dombi et leur apprit qu'il parlait français. Juan prit la parole :

— Nous vous sommes reconnaissants de nous recevoir, monsieur Dombi. Je suis Juan et je suis accompagné d'Eugide, Philippe et Malou. Nous travaillons pour l'organisation d'aide humanitaire Action internationale. Nos contacts du ministère de la Santé m'ont affirmé vous avoir annoncé notre arrivée. Nous souhaitons nous assurer que les réfugiés venus du Rwanda sont en bonne santé et bien logés. Avec votre accord, nous apporterions un soutien à votre clinique, ce qui profitera non seulement aux réfugiés, mais également à toute la population de Nyalende.

Avachi sur sa chaise en plastique, le bourgmestre donnait l'impression qu'il n'écoutait pas ou qu'il n'avait cure de la santé de sa communauté. Son voisin le petit Tutsi non plus : il se contentait de regarder les étrangers un à un avec méfiance. Puisque aucun des deux ne réagit, Malou enchaîna en enrobant sa voix.

— Notre association est spécialisée dans la santé. Nous avons des médicaments et pouvons transmettre des moyens techniques au personnel de votre clinique. Nous pensons aussi construire des abris plus durables pour les réfugiés, et nous aurons besoin d'employer beaucoup d'hommes du village pour le chantier. Nous comprenons que l'afflux de milliers de personnes sur vos terres peut être un poids pour les ressources en eau et en nourriture, mais nous pouvons vous aider à transformer cela en une opportunité pour toute la communauté.

Comme s'il attendait un mot magique qui n'arrivait pas, le bourgmestre se redressa, appuya ses coudes sur la table et fit mine de recentrer le débat. Le cure-dents changea de position.

— Vous êtes bien aimables de venir en aide à ma communauté. Nous sommes des cultivateurs ici et nous sacrifions des champs pour accueillir nos voisins rwandais depuis dix longs jours. Vous imaginez bien le poids que cela exerce sur nous. Vous avez parlé de la clinique. Les Rwandais doivent se faire soigner, mais ils n'ont pas d'argent et ne peuvent pas payer les soins. Ils ne peuvent pas payer de nourriture non plus, ni les matériaux pour construire. Le bois, ce sont les Twa qui ont le monopole, mais ils vivent dans la forêt et ils sont dangereux.

Philippe se tourna discrètement vers Eugide et lui murmura à l'oreille :

— Qui sont les Twa ?

— Ce sont des Pygmées, monsieur.

Philippe ne put réprimer une expression étonnée. Il ne savait pas que des Pygmées vivaient dans cette zone. Il s'aperçut que le bourgmestre le regardait bizarrement depuis cet aparté. Il décida de le rassurer.

— Nous n'avons pas besoin de bois pour commencer. Nous en avons dans le camion, ainsi que des tubes d'aluminium, des tôles et des bâches. Nous sommes indépendants pour l'instant. Il est possible que nous devions nous approvisionner en bois local dans quelque temps. Pouvez-vous nous mettre en contact avec les Twa ?

Dombi jeta un coup d'œil à son voisin et répondit sans regarder Philippe, se donnant un air hautain.

— J'en ai le pouvoir, oui…

La main sur le menton, le bourgmestre prit une mine exagérée de penseur. Il avait une idée derrière la tête et n'allait plus trop tarder à l'exprimer. Philippe avait déjà deviné ce qu'il allait exiger.

— Vous voyez le bâtiment dans lequel nous nous trouvons ? Il n'y a même pas de fenêtre dans cette pièce.

Je n'ai pas de papier, de stylos, de fauteuils... Ici, c'est le bureau des plaintes. Je ne fais que recevoir à longueur de journée des gens qui me demandent des choses, qui espèrent mon aide, mais je n'ai pas les moyens de les aider. C'est comme ça que Mobutu veut que je travaille !

Et donc tu compenses en faisant ton petit chef, se dit Philippe. Tu as une once de pouvoir et tu entends bien le faire savoir à tout le monde. On va en venir au moment où il nous réclame un bakchich.

— Vous souhaitez aider les réfugiés, c'est bien. Vous pensez que vous allez aider la communauté de Nyalende aussi, c'est bien. Comprenez que vous devez m'aider, moi, et me donner les moyens pour que je vous accorde l'accès.

En finissant sa tirade peu discrète, le bourgmestre avait furtivement regardé son voisin aux petits yeux, qui avait hoché la tête. Ils avaient manigancé cela depuis que le ministère leur avait parlé de la venue des étrangers. C'est Juan qui répondit, habitué à discuter avec des hommes corrompus.

— Action internationale est une organisation apolitique, neutre et à but non lucratif. Nous apportons notre soutien à des personnes vulnérables, grâce à la générosité de nos donateurs. Nous devons leur rendre des comptes sur l'emploi de chaque likata[1]. Vous comprenez que si une petite somme n'allait pas directement au service des réfugiés, nos donateurs cesseraient de nous soutenir.

---

1. La monnaie du Zaïre entre 1967 et 1998 est le zaïre, qui se subdivise en 100 makuta (likata au singulier).

— Je comprends, dit Dombi d'un ton rassurant. Si vous voulez accéder aux réfugiés et travailler en toute quiétude, vous devez toutefois donner les moyens à la communauté, dont je suis l'humble représentant.

— Action internationale est une organisation apolitique, neutre et à but non lucratif, reprit Juan. Nous apportons notre soutien à des personnes vulnérables, grâce à la générosité…

— D'accord, j'ai compris ! le coupa le bourgmestre. Nous en rediscuterons.

Après une pause, il pointa le doigt vers son mystérieux voisin afin de le présenter.

— Monsieur Théophaste est le propriétaire d'une maison qu'il peut vous louer, tout près de la colline où se trouvent les réfugiés. Je suis sûr qu'il vous demandera un loyer tout à fait correct.

Juan hocha la tête, mettant fin à la conversation. Tous se levèrent et se dirigèrent vers la sortie et le soleil éblouissant. Les employés surveillaient les camions tout en discutant avec des villageois qui revenaient du marché. Juan proposa à Théophaste de monter avec lui dans le Defender afin de lui indiquer la maison qu'ils pourraient occuper. Le convoi redémarra, passa devant le marché où des centaines de personnes s'affairaient dans tous les sens. Les voitures devaient rouler au pas et faire attention aux enfants, aux poules, aux étals en bord de route. Philippe gardait le mauvais souvenir d'avoir écrasé une poule dans un village du Nord-Kivu et l'incident avait pris des proportions énormes. L'organisation avait dû dédommager généreusement le paysan après plusieurs jours de négociations. Ce n'aurait pas été un bon début pour leur projet s'ils se mettaient la communauté à dos.

À une centaine de mètres de la colline, qu'ils voyaient plus clairement tout comme les abris de fortune des réfugiés, ils arrivèrent devant une grande bâtisse en bois à trois étages derrière un long mur d'enceinte et un portail assez large pour laisser passer le camion. C'était parfait pour Philippe. Il espérait avoir un entrepôt pour le matériel, mais il ne fallait peut-être pas trop rêver.

Une fois tout le monde à l'intérieur, Théophaste indiqua que la maison était déjà dotée d'un gardien et de deux employées de cuisine et de ménage. Ils n'avaient pas encore parlé d'argent, mais Juan se disait qu'ils ne pourraient perdre davantage de temps et qu'ils paieraient ce que le propriétaire demanderait. Ils se serrèrent la main et Juan eut l'impression que le petit Tutsi avare de mots serait peut-être plus accommodant que le bourgmestre. Était-il sensible au fait que les réfugiés étaient de son groupe ethnique ? Se rendait-il compte que s'il était né à quelques kilomètres de là, de l'autre côté de la frontière, il ne serait pas dans la même situation ? Se sentait-il investi d'un devoir de solidarité envers ses semblables ? Par pure humanité ou au cas où une telle situation se produirait sur sa rive de la rivière Rusizi ?

Au bout de quelques jours, Philippe s'étonna de ne pas voir davantage de personnes arriver dans le camp. Les nouvelles du Rwanda étaient toujours aussi terribles. Les massacres continuaient, les Interahamwe faisaient la loi dans les rues et aux barrages. Les Casques bleus demeuraient impuissants. Seul le Comité international de la Croix-Rouge avait la position de témoin à l'intérieur du pays. Ils relataient que des membres de leur personnel avaient été battus, que des corps s'amoncelaient sur les routes et dans les rivières. On ne laissait pas les Tutsis fuir. Les appels à mettre en place des zones tampon pour permettre d'évacuer les blessés n'étaient pas écoutés. On parlait même d'hommes tués uniquement parce qu'ils portaient une chemise, trahissant leur statut de Tutsi élitiste. Le terme « génocide » était désormais utilisé. Le phénomène n'avait pas encore été reconnu, mais le mot avait été prononcé. Tout concordait : les listes de noms, le profilage ethnique, l'usage d'injures comme « cafards » sur les ondes de l'effroyable Radio Mille Collines où les invitations aux massacres étaient quotidiennes... Pourtant, la communauté internationale refusait d'employer le terme à tout va et la situation ne faisait toujours pas la une des journaux. On parlait aussi de la responsabilité de la France, qui aurait soutenu le régime hutu de Habyarimana et lui aurait fourni les armes qui servaient lors des tueries.

Officiellement, seulement trente mille personnes s'étaient échappées au Zaïre. La majorité des réfugiés rwandais dans les pays voisins n'étaient pas des Tutsis qui fuyaient les massacres, mais des Hutus. Dans le Nord, ils devaient faire face à l'avancée de l'armée. Que se passerait-il si celle-ci gagnait ? Ils mettraient un terme au carnage, mais à quel prix ? Apparemment, ils n'y allaient pas avec le dos de la cuillère lors de leurs progressions. Philippe ne voyait pas d'issue à cette crise, mais il demeurait mobilisé pour proposer de meilleures conditions aux réfugiés. Les personnes du village de Nyalende qu'il avait réussi à recruter étaient motivées. Son équipe construisait des abris et fournissait ainsi un toit plus durable à ces personnes qui avaient tout quitté pour venir au Zaïre. La mission se déroulait comme prévu.

Comme tous les matins, Philippe s'était réveillé à l'aube pour profiter d'un court moment de calme avant la journée. Il enfila ses Doc' et, grâce à un système d'échelles de meunier, il descendit deux étages pour aller aux latrines. Ensuite, il quémanda un verre d'eau chaude et du café lyophilisé aux cuisinières. Il baragouina ses remerciements et remonta au balcon pour boire son breuvage en admirant les nuages de brouillard se dissiper dans la vallée verdoyante. Lorsque la colline serait visible, il commencerait sa journée de travail. Pendant que Malou investirait la pièce qui lui servait de bureau et que Juan irait négocier un énième détail avec le bourgmestre, Philippe grimperait pour retrouver ses équipes de constructeurs. Il se joignait à eux, non seulement pour piloter les chantiers, mais aussi pour mettre la main à la pâte. Les réfugiés, comme les villageois, étaient quelque peu amusés par ce *mzungu*, mais ils le respectaient. C'était le patron. Les uns étaient reconnaissants pour l'abri qu'il leur offrait, les autres trouvaient en lui un chef qui ne les rémunérait pas trop mal. Certains des membres les plus âgés de la communauté avaient exprimé une désapprobation de revoir des Blancs prendre le contrôle dans la zone, mais le bourgmestre semblait faire son travail de médiateur malgré son manque d'enthousiasme.

Le brouillard se dissipa enfin et l'atmosphère commença doucement à se réchauffer. Il avala ce qui restait de ce mauvais café et redescendit les deux échelles. Le sol boueux, ramolli par la rosée du matin, lui collait déjà aux semelles. Il croisa Eugide qui devait revenir du marché, car il portait un régime de courtes bananes épaisses. Celui-ci le tendit à Philippe, qui accepta en se servant. Cela faisait partie des plaisirs que Philippe ressentait généralement en Afrique : les fruits et les légumes avaient beaucoup plus de goût que ceux qu'il trouvait en France. Ici, pas d'agriculture intensive, pas de produits chimiques. Il n'y avait que ce que l'humain prélevait directement de la terre.

Ensemble, ils se rendirent à la colline et la gravirent. Ils savaient déjà que s'il y avait eu de nouvelles arrivées au cours de la nuit, elles n'avaient pas été nombreuses. Ils virent une personne qui dormait à même le sol, dans un sac en toile de jute. Eugide s'assura qu'il était vivant et lui dit d'aller au poste de santé, à l'entrée du village, en cas de besoin. L'homme, d'une cinquantaine d'années et très maigre, était dans les vapes et semblait écouter Eugide comme on entendait des voix au loin. Il acquiesça tout de même et fit un signe de la main pour signifier qu'il ne fallait pas s'inquiéter pour lui. Il avait de la chance d'avoir réussi à s'échapper du Rwanda et même s'il dormait dehors dans le froid, il s'estimait heureux.

Philippe était content d'avoir recruté Eugide. Celui-ci semblait vraiment se soucier du sort des Tutsis et faisait preuve d'empathie envers ceux qu'il croisait. Il n'était pas originaire de cette zone, il n'était certainement pas de leur ethnie, mais il montrait un vrai engagement à les aider. Un humanitaire né! se dit Philippe. Malheureusement, leur travail n'était pas de tous les interroger et d'emmener à la clinique tous ceux qui en avaient le besoin. Ils devaient construire des centaines d'abris en bois et en bâches et ils n'avaient pas de temps à perdre.

En continuant leur chemin à travers les abris de fortune, faits de brindilles, de paille, de tissus posés à même la boue, Philippe et Eugide se demandaient comment les gens faisaient pour survivre dans ces conditions déplorables. Devant plusieurs abris se trouvaient des tas de cendres de la veille, désormais détrempés par la rosée du matin. On n'était pas en saison des pluies. Cela allait sécher au long de la journée, et le soir ils referaient du feu pour cuisiner ce qu'ils pourraient et se tenir chaud le plus longtemps possible. Les personnes qu'ils croisaient, principalement des femmes et des enfants, étaient peu vêtues, sales, et probablement malades. Philippe repensa à l'Éthiopie et la misère de la famine qu'il avait côtoyée peu de temps auparavant. Il se dit aussi que Malou allait avoir du pain sur la planche, une fois qu'elle aurait fait son évaluation du poste de santé du village. Elle allait certainement demander d'utiliser le Defender comme ambulance, afin d'emmener les cas graves à l'hôpital général de référence de Bukavu.

Certains employés journaliers étaient déjà arrivés au minuscule bureau de chantier, un abri construit avec quatre poteaux de bois et une bâche. À côté, ils avaient empilé les matériaux qu'ils n'avaient pas encore eu le temps d'installer. Philippe constata instantanément que le tas était plus petit que la veille. Il ne lui fallut pas longtemps pour deviner que des personnes s'étaient servies afin de se chauffer. C'était le paradoxe de la survie : on compromettait la solution de long terme pour répondre à son besoin immédiat. Philippe avait voulu limiter ce risque en faisant venir le bois petit à petit, mais il y avait toujours de la perte. Les employés portaient les lourds poteaux depuis la réserve, en bas de la colline, et les acheminaient tout en haut avant d'assembler les abris d'environ sept mètres carrés. Le standard était de compter un espace de vie de 3,5 mètres carrés par personne. Dans cette situation d'urgence, ils construisaient uniquement des abris pour deux, sans évaluer la taille de chaque famille. Un arbitrage qui leur permettait à la fois de gagner du temps et d'offrir au maximum de personnes de se loger un peu mieux, le plus rapidement possible. Il y avait des milliers de réfugiés, il fallait agir vite. Si les gens qui crevaient de froid se chauffaient avec l'ossature de leur future maison, ils allaient droit vers une catastrophe encore pire.

Philippe demanda à Eugide d'évaluer au plus tôt les stocks de bois. Celui-ci partit avec un des constructeurs compter les poteaux qui restaient dans le tas. Pendant ce temps, Philippe sortit de son sac à dos les plans, les listes de matériaux et sa calculatrice, qu'il disposa sur ce qu'il appelait le bureau. Il repensa à ce que le bourgmestre avait dit : ici, la forêt était monopolisée par les Pygmées. Si les pertes étaient grandes, il allait devoir négocier avec eux pour se fournir. Dombi les avait évoqués avec méfiance. Philippe ne savait pas à quoi il devait s'attendre. Il ne croyait pas non plus que c'était une tribu sauvage d'hommes minuscules avec un os dans les cheveux comme dans les dessins animés de Tex Avery. Il se défiait des représentations populaires occidentales de l'Afrique depuis qu'il avait lu *Tintin au Congo* dans sa jeunesse. Cela lui avait indéniablement donné le goût de l'aventure, mais il avait vite assimilé que s'il voulait en apprendre plus sur ce continent, il devait s'y rendre et y passer du temps.

Plusieurs employés journaliers se présentèrent à Philippe dans les minutes qui suivirent. Il les répartit en équipes de deux. Aux constructeurs, il remit les outils nécessaires, une liste de matériaux manuscrite et un plan qu'il avait photocopié en une centaine d'exemplaires avant le départ de Bukavu. Aux porteurs, il confia la tâche d'aller chercher le bois entreposé à la base. Telles des fourmis, ils firent rapidement une procession allant les mains vides et revenant chargés de lourds tas de poteaux.

À son retour, Eugide faisait grise mine.

— J'ai compté les stocks. On est en baisse.

— Sans blague? fit Philippe avec un sourire impatient.

— Non, sans blague, répondit Eugide, presque offensé que le chef remette en question son professionnalisme, et avec le sourire.

Philippe fut déçu que son ironie tombe à plat. Ce n'était pas parce que le français était une langue officielle au Zaïre qu'ils partageaient les mêmes expressions idiomatiques qu'en France. Eugide enchaîna en détaillant les chiffres des vols, qui s'avéraient sérieux. Philippe réfléchit avant de conclure :

— Si on perd autant de bois chaque nuit, on n'en aura plus dans une semaine. On va devoir remettre les quantités inutilisées dans le stock à la fin de chaque journée de travail.

— Et il va falloir se réapprovisionner rapidement, chef.

— Oui, on va aller rencontrer les Pygmées.

Troquant ses Doc' pour des chaussures de randonnée, Philippe prépara quelques affaires pour une marche dans la forêt dont il ne connaissait pas la durée. Une chemise de rechange, un slip, une paire de chaussettes, une boussole, une carte militaire du Sud-Kivu, qui était loin d'être assez détaillée, et un peu de nourriture. Il avait fallu plusieurs jours interminables au bourgmestre pour prendre contact avec les Pygmées afin d'annoncer la venue du *mzungu*. Il était désormais plus que prêt pour le périple. Il délégua la supervision du chantier à Eugide pour que les travaux avancent pendant son absence et partit à l'aube avec le guide que lui avait recommandé Dombi. Juan s'était d'abord opposé à cette mission. Il trouvait dangereux d'aller se promener dans une forêt qu'on ne connaissait pas et encore plus d'aller rencontrer une communauté dont on ne savait pas s'ils seraient hostiles à l'arrivée d'un étranger. Plus jeune et quelque peu admiratif des expériences passées de Philippe, l'Espagnol avait fini par céder, décidant de faire confiance à son logisticien qui avait la capacité de se dépêtrer de n'importe quelle situation. De plus, il était accompagné de l'émissaire de Dombi, qui aurait des ennuis si quelque chose tournait mal. Philippe avait argué que le bourgmestre se méfiait des Twa, et eux se méfiaient du bourgmestre, il y avait donc des chances pour que les Pygmées soient de leur côté.

Même si le guide s'appelait Chérubin, sa tête n'avait rien d'angélique. La peau grêlée de son visage, ses rides et ses yeux rouges lui donnaient un air peu aimable de prime abord. Lorsque Dombi le lui avait présenté, il avait affiché une expression de défiance et de fierté. Philippe ne s'était pas réjoui sur le moment d'avoir comme partenaire d'exploration un homme si antipathique et taciturne. Pourtant, après avoir passé quelques minutes côte à côte dans la forêt, le méphistophélique Chérubin fit briller un sourire éclatant et une sincère volonté d'être utile. Son français était limité, mais selon Dombi c'était un des seuls à dialoguer régulièrement avec les Twa, car son métier de menuisier l'amenait à leur acheter occasionnellement des grumes d'eucalyptus.

Philippe avait eu le temps d'imaginer un périple rocambolesque, et fut presque déçu quand Chérubin lui annonça qu'ils étaient quasi arrivés après seulement quelques heures de marche. L'itinéraire n'était pas évident et il fallait bien connaître la forêt. Un enfant se matérialisa devant eux, preuve qu'ils parvenaient au but. Les plus jeunes agissaient en tant qu'éclaireurs pour prévenir le village de toute visite. Lorsque plusieurs garçons et filles s'approchèrent, Chérubin se retourna vers Philippe.

— *Batwa.*

— *Ba-Twa*? Les Pygmées?

Chérubin hocha la tête. Ils étaient arrivés. Philippe salua les petits, qui firent les timides, mais restaient fascinés par l'homme blanc. Un garçon intrépide s'avança même très près, et dit « *Jambo, mzungu!* »

— *Jambo sana!* répliqua Philippe, faisant rire instantanément les enfants qui ne s'attendaient pas à ce qu'il leur réponde en swahili.

Sur ce, les gamins partirent en courant, certainement pour annoncer leur venue. Philippe et Chérubin continuèrent de progresser sur un sentier assez étroit. D'autres signes laissaient deviner qu'ils approchaient d'une zone habitée: la végétation paraissait plus clairsemée, des chemins se formaient. Ils virent une première maison en terre avec un toit de chaume, tout en longueur, mais très petite. On ne pouvait se tenir debout à l'intérieur. En réalité, cette première maison constituait une sorte de muraille de protection pour le reste du village, qui se situait derrière. Une quarantaine de personnes, assises sur des nattes posées à même le sol de latérite rouge, se trouvaient dans une clairière. Certains hommes étaient debout, plutôt au fond de cette assemblée qui avait des faux airs de tribunal. Philippe était un peu étonné de se rendre compte que ces personnes n'étaient pas si petites que cela. Ça doit varier selon les régions, se dit-il. En réalité, il ne repérait pas beaucoup de différences avec Chérubin, qui devait être Hutu.

Philippe s'arrêta net en face des villageois qui devaient l'attendre depuis un moment. Chérubin vit qu'il était déconcerté par tous ces regards tournés vers lui et alla saluer quelques personnes. Il commença par celle qui se tenait au centre de cette assemblée, une vieille dame, assise avec les jambes étendues devant elle. Elle serra la main de Chérubin, puis reporta à nouveau son attention sur Philippe, qui ne sut comment réagir. Lorsque son guide eut terminé ses salamalecs, il revint près de Philippe, accompagné d'un jeune homme qui se présenta comme son traducteur et qui, en effet, parlait très bien français. Philippe le remercia d'avance pour son aide et lui demanda quel était son prénom.

— Je m'appelle Merveille-Divine, mais ici tout le monde m'appelle par mon diminutif, Merdi.

— Merveille-Divine ou Merdi ? Y a pas de demi-mesure, avec toi ! Enchanté, je suis Philippe.

— Enchanté, monsieur.

Philippe se retint de rire devant le jeune homme, qui lui sourit poliment en retour. Celui-ci se tourna vers l'assistance, qui attendait patiemment que le spectacle commence, et présenta le *mzungu*. Comme pour lui dire bonjour, des murmures montèrent du groupe, que Philippe salua en hochant la tête et en souriant. La vieille femme prit la parole, toujours sans quitter leur visiteur du regard. Elle entama un long discours, que certaines personnes durent interrompre pour permettre à Merdi le temps de traduire. Quelque peu offusquée par l'interruption, elle laissa Merdi parler :

— Bienvenue chez nous. Nous sommes les Twa et je m'appelle Rosa. Nous vivons dans cette forêt depuis qu'on nous a chassés de notre habitat précédent.

Le Kahuzi-Biega était le domicile de notre peuple depuis des générations, mais quand le gouvernement l'a transformé en parc national, il nous a rendu la vie difficile. Les soldats ont expulsé les Shi, puis ils ont expulsé les Tembo et ensuite ils ont expulsé les Rega. Nous, les Twa, devions gérer le parc, mais nous aussi, ils nous ont délogés. Petit à petit, nos communautés ont fui dans toutes les directions.

Philippe était venu pour négocier un achat de bois, mais il était désormais l'unique auditeur d'un cours d'histoire sur ce peuple pygmée du Sud-Kivu.

— Maintenant que nous sommes ici, reprit Merdi à la suite de Rosa, les villageois de Nyalende ne nous accueillent pas. Ils ne veulent pas que nous nous fassions soigner dans leur clinique. Ils nous suspectent de vols. L'autre jour, une de nos filles a été violée par des hommes du village. Lorsqu'elle a porté plainte auprès du bourgmestre, celui-ci l'a accusée de calomnie et de prostitution. La vie de cette jeune femme est détruite.

Philippe n'aimait déjà pas le bourgmestre, mais entendre ça le mettait hors de lui. Il avait envie de lui casser la gueule. Dans ces petits villages, il n'y avait pas de police, pas de juge. Les différends étaient réglés à l'amiable, ou alors on avait recours à la justice populaire en cas de délit grave. Visiblement, le droit n'était pas le même pour tous, selon qu'on était de telle ou telle ethnie.

— Aujourd'hui, les villageois nous tolèrent à condition que nous restions dans la forêt, et c'est ce que nous faisons.

Il y eut un moment de silence. Philippe était affecté par ce qu'il entendait. Sa tristesse devait se voir sur son visage, car il sentait que Rosa comprenait son émotion. Il se présenta à son tour.

— Je viens de France, je suis un humanitaire. C'est-à-dire que j'apporte de l'aide aux personnes qui en ont besoin. Je travaille pour une association qui s'appelle Action internationale.

S'il avait ressenti une connexion plus tôt avec Rosa, elle commençait un peu à se désintéresser de cet homme blanc qui parlait de lui.

— Vous dites que vous n'avez pas accès à la clinique ? relança-t-il.

— Non, ils nous demandent de payer des sommes trop importantes, expliqua Merdi.

— Je vais voir si nous pouvons subventionner vos soins, annonça Philippe. Il faut que j'en discute avec mon équipe, et ça va mettre du temps, mais je pense qu'il sera possible de vous procurer les traitements dont vous avez besoin.

Le simple fait qu'il ait prononcé ces mots fit vibrer le groupe d'un murmure joyeux après la traduction du jeune Merdi. Philippe demanda ensuite la parole à nouveau et ils se turent pour l'écouter.

— Vous êtes proches de la frontière avec le Rwanda, ici. Vous avez certainement remarqué du passage ces derniers temps. Vous savez peut-être qu'il se déroule là-bas la pire guerre civile que nous ayons jamais vue. C'est une guerre très sale qui vise un peuple, les Tutsis. Comme vous, ils sont chassés, mais eux, en plus, ils sont tués. Des familles entières sont coupées à la machette. Il n'y a pas que l'armée qui les exécute, mais aussi une milice sanguinaire appelée Interahamwe. Il y a aussi leurs voisins, leurs commerçants, leurs amis, qui se retournent contre eux et les éliminent, jusqu'au dernier. Vous les avez vus passer, non ?

Nombre d'entre eux hochèrent la tête. Ils savaient très bien ce qui se déroulait non loin de leur forêt. Ils avaient remarqué le défilé des Tutsis qui fuyaient leur pays.

— Nous sommes venus construire des abris, des petites maisons pour eux, sur la colline de Nyalende. Nous pensons que le village leur réserve un accueil relativement bon, mais les ressources manquent cruellement pour leur fournir de la nourriture, de la chaleur lors des nuits froides, de l'eau, des toilettes.

Philippe sentait de l'empathie chez eux, ou voulait au moins y croire. Il décida d'enfoncer le clou de son argumentaire :

— Ce peuple traverse un drame inhumain, aux mains de personnes de pouvoir ou de simples villageois qu'on a manipulés pour faire le sale boulot. Notre travail à nous est d'apporter de l'aide à ceux qui en ont besoin. Je pense que les Tutsis en ont besoin. Je pense que vous en avez besoin aussi. Vous avez des ressources ici, vous avez la forêt. Elle est à vous. Vous en connaissez les moindres secrets. Vous pouvez y puiser tout ce qu'elle vous offre. Elle vous protège des assaillants et elle vous fournit à manger. J'en appelle désormais à votre solidarité envers vos frères opprimés, les Tutsis. Donnez-moi du bois pour leur construire des abris et pour qu'ils se chauffent.

Resserrez les liens entre vos communautés et favorisez un avenir sans accusations, sans privations, sans injustice.

Merdi eut du mal à suivre la lancée de Philippe, mais il parvint à retranscrire l'idée générale. Philippe sentait que son speech, grandiloquent au possible, faisait néanmoins mouche. Après ce discours puis sa traduction, tout le monde se tut et le silence régna quelques instants. Rosa se leva péniblement, révélant une assez grande taille pour une Pygmée de son âge. Elle se dirigea vers la première maison que Philippe avait aperçue à l'entrée du village et s'engouffra à l'intérieur en se penchant. Elle sortit quelques secondes plus tard en tenant un petit vase en argile contenant une fleur. Entouré de silence, Philippe regarda Merdi pour savoir si celui-ci allait lui expliquer ce qui était en train de se passer. Ce dernier l'avait senti, mais ne dit rien. Il fallait attendre. Rosa se rassit où elle était auparavant et posa le vase devant elle. Merdi traduisit ses mots :

— Nous ne voulons de mal à personne. Nous sommes un peuple pacifique. Nous n'avons aucune autre exigence que de manger, dormir et vivre parmi nos proches. Nous confectionnons ces vases de terre pour les vendre sur le marché. Nous cueillons ces fleurs pour égayer nos maisons faites de la même terre. Ceci est notre symbole de paix. Cette fleur est pour vous, pour vous souhaiter la bienvenue. Elle est pour les Tutsis, qui ont beaucoup souffert chez eux, qui souffrent sur les routes et qui vont encore beaucoup souffrir à l'avenir. Nous comprenons leur douleur, car nous l'avons vécue aussi. Nous en hébergeons quelques-uns en ce moment, dans la forêt. Nous acceptons donc de vous fournir le bois que vous demandez.

Philippe n'était pas mécontent d'avoir été invité à dormir sur place. Il avait accompli sa mission en obtenant l'accord des Pygmées pour exploiter le bois et aurait pu repartir tout de suite, mais il n'aurait pas eu le temps de retourner à la base avant le coucher du soleil. Avant d'entamer cette mission, il s'était mis d'accord avec Juan : s'il ne rentrait pas le lendemain, il pouvait envoyer quelqu'un à sa recherche. Il ne pensait pas tomber sur des personnes hostiles, mais les chances de sortir sain et sauf de la forêt étaient beaucoup plus minces dans la nuit noire, lorsqu'elle appartenait impitoyablement à la végétation et aux animaux. Il ne tenait pas à les déranger.

Le soir venu, la clairière centrale s'était vidée des habitants, repartis vers leurs maisons. Plusieurs femmes s'installèrent autour d'un feu pour préparer le repas ou pour bavarder. Philippe s'assit près d'elles. Sans comprendre les conversations, il observait en se faisant oublier, afin d'étudier les coutumes de ce peuple. La cuisine revenait aux femmes alors que les hommes partaient chasser. Le maraîchage ne semblait pas faire partie de leurs habitudes malgré la fertilité des sols.

De temps en temps, ils s'approvisionnaient en légumes au marché de Nyalende et cueillaient les fruits de la forêt, principalement des bananes.

Il fut attiré par un regard en particulier. Il n'aurait pas su dire pourquoi, car il en avait croisé bien d'autres, avec des femmes gênées ou avec des enfants timides. Les hommes, eux, se contentaient de le dévisager effrontément. Ces yeux-là, en revanche, ils dégageaient quelque chose. Il n'y eut qu'un coup d'œil, une lueur. Il était peut-être le seul à l'éprouver, mais il était persuadé d'une sensation notable. Il ne l'avait captée qu'en passant, en balayant l'assistance du regard, il dut revenir en arrière et retrouver l'ancrage qu'il avait ressenti.

— Tu as l'œil d'un aigle !

En se retournant, Philippe remarqua Merdi, qui l'étudiait en souriant.

— Comment ça ? lui demanda-t-il.

— Tu as repéré les étrangers parmi nous, les réfugiés rwandais.

Face à l'expression désormais perdue de Philippe, qui ne comprenait toujours pas ce qu'il voulait dire, Merdi indiqua la paire d'yeux qui avait attiré son attention.

— Je vois que tu observes cette femme là-bas, elle fait partie des Tutsis que nous accueillons dans le village.

Philippe regarda une fois de plus dans la direction de la jeune femme. Elle avait la peau plus claire que les autres, des cheveux tressés, des pommettes saillantes et des yeux en amande. Quand elle bavardait avec ses hôtes autour du feu, son visage avait des expressions qui révélaient son charisme, mais aussi une certaine tristesse.

Elle venait de fuir son pays, de peur d'être tuée. Elle avait probablement perdu des membres de sa famille.

On parlait encore de villages entiers qui se faisaient massacrer par des hordes d'hommes qui avaient tout laissé tomber pour poursuivre chaque jour la campagne d'élimination des Tutsis. On évoquait des personnes découpées à la machette, hommes femmes et enfants. On mentionnait des nourrissons pris par les pieds et tapés contre les murs. On n'annonçait pas de pitié, ni de compassion, ni d'amitié ou de solidarité. En général, dans les crises sur lesquelles travaillait Philippe, il existait toujours ces petits brins d'espoir qui accordaient la foi nécessaire pour se battre et apporter de l'aide à ceux qui en avaient besoin. Ce qui se passait au Rwanda dépassait l'entendement et brisait l'espérance jusqu'à remettre en doute le principe d'humanité qui était si cher aux humanitaires. Ce conflit créait en lui l'incertitude que l'humain soit fondamentalement bon. Les Rwandais étaient la dernière expérience en date de Dieu : que feraient-ils si on leur donnait une machette et qu'on les chargeait de la responsabilité d'éradiquer leurs voisins sans craindre le jugement ? Jusque-là, ils accomplissaient leur mission haut la main. Ils répondaient à la curiosité de Dieu dans l'espoir de dépasser toutes ses attentes.

Philippe s'aventura près du feu à pas de velours. Il ne voulait pas casser l'ambiance qui régnait entre ces femmes qui cuisinaient et bavardaient. La jeune Rwandaise restait silencieuse, assise sur une bûche, les bras autour des genoux. Elle le vit, mais détourna les yeux rapidement, ne souhaitant pas être le centre de l'attention. Elle fit mine de s'intéresser à ce que faisait sa voisine. Plus il la regardait, plus Philippe la trouvait belle. Elle avait un grand sourire timide et une ride de lion qui renforçait son expression. Elle semblait jeune, une petite vingtaine d'années tout au plus. Philippe fit signe à Merdi, qui vint près de lui.

— Est-ce que je peux lui poser quelques questions ?

— Oui, bien sûr.

Merdi s'approcha du feu. Il s'adressa d'abord au groupe, saluant les femmes qui étaient là. Ils échangèrent quelques palabres, des rires. Il avait l'air de bien s'entendre avec tout le monde. Il profita de cette bonne humeur pour s'avancer vers la jeune Rwandaise. Ils s'entretinrent quelques instants. En la voyant hocher de la tête, Philippe se dit qu'elle paraissait consentir à répondre à ses questions. Il n'avait pas de choses précises à lui demander, alors il réfléchit à la hâte. Elle suivait désormais Merdi d'un pas gracieux et se tenait bientôt devant lui, arborant une expression située entre la curiosité, la volonté de renseigner et la défiance. La complexité de son état d'esprit lui conférait une aura intrigante, mais plaisante. Les autres femmes autour du feu observaient la scène. Certaines riaient.

— Vous arrivez du Rwanda ?

— Oui, répondit-elle en français.

Philippe n'avait pas pensé à demander si elle parlait français avant de lui poser sa première question. Merdi aurait été là pour traduire, mais cela ne s'avérait pas nécessaire. La jeune femme regardait désormais ses pieds.

— Vous venez de quelle partie ?

— De Butare.

— Vous êtes seule ?

— Non, je suis avec ma mère. Nous avons perdu de vue toute notre famille donc nous sommes parties à deux.

— Elle est où, votre mère, maintenant ?

— Dans une case, là-bas. Les Twa ont bien pris soin de nous ici.

— Je vois ça.

Ils sourirent ostensiblement, notamment en direction de Merdi, qui assistait au dialogue, comme pour les remercier, lui et toute sa communauté. Philippe perçut ainsi le sourire de la jeune femme. Elle révéla des dents du bonheur. Il décida d'en revenir aux faits.

— Racontez-moi ce qui s'est passé. Pourquoi êtes-vous partie ?

— C'est ma mère. Elle a senti que quelque chose de mauvais allait arriver. Elle disait toujours que les Hutus devenaient méchants. Des commerçants refusaient de nous servir, on nous insultait dans la rue. Je ne pensais pas que ça en viendrait à ça…

— Personne ne l'a vu venir.

— Le jour où l'avion du président est tombé, nous étions en voyage pour rendre visite à des amis à Mbirizi. Lorsque nous sommes rentrées, nous n'avons pas trouvé notre famille, sauf un cousin qui est infirmier à l'hôpital. Il nous a informés que nos proches avaient quitté la ville pour les collines. Il nous a dit de fuir, nous aussi.

— Il est resté, lui ?

— Je ne sais pas. Il souhaitait rester le plus longtemps possible, car il y avait beaucoup de blessés. Il s'attendait à en voir arriver d'autres. Il était en contact avec l'hôpital de Butare, qui est géré par Médecins sans frontières.

— Ah oui, en effet. Mais ils n'y sont plus, je crois.

La jeune femme ne répondit pas et adopta une expression grave. Le départ de Médecins sans frontières voulait probablement dire quelque chose. Qu'il n'y avait plus personne à sauver, peut-être. Elle n'était pas au courant que les cent soixante-dix patients avaient tous été massacrés sous le regard impuissant des humanitaires. Philippe se retint de lui apprendre la nouvelle. Il ne reporta pas les termes de ses confrères, qui parlaient d'« orgie de violence », d'« hôpitaux transformés en abattoirs », et avaient même, eux aussi, prononcé le mot « génocide ».

— Nous construisons des abris pour les réfugiés à Nyalende. Je suis venu ici demander du bois.

— Oui, j'ai écouté votre discours aujourd'hui.

Elle lui sourit pour lui faire comprendre qu'il n'avait pas besoin de se répéter. Pris de court, Philippe sourit à son tour. Il sentait qu'ils étaient sur la même longueur d'onde et il trouvait cela agréable.

— Si vous allez à Nyalende, il y aura un abri pour vous et votre mère. C'est à moins d'un jour de marche.

— Merci. Nous ne voulons pas abuser de l'hospitalité de cette communauté. Nous avons été très bien accueillies, mais ce n'est pas chez nous ici. Il risque d'y avoir de nouveaux arrivants et nous devrons céder notre place.

— Nous allons aussi faciliter l'accès aux soins, ne vous inquiétez pas pour cela. Pour la nourriture, en revanche, nous n'avons pas la capacité d'apporter de l'aide tout de suite. Je préfère être clair avec vous.

— Un abri, ce sera déjà une grande aide, merci à vous.

— Avec plaisir. On se verra donc là-bas. Vous n'aurez qu'à vous présenter au bureau d'Action internationale sur la colline et on vous assignera un abri.

Ils sourirent tous les deux à nouveau, éclairés dans la pénombre par les lueurs du feu. Ils se sentaient tous les deux à l'aise, comme enrobés dans un cocon de soie. Le reflet du brasier dans les pupilles de cette femme envoûtait Philippe. Il voulut s'assurer qu'ils n'étaient pas épiés, que rien ne viendrait déranger ce moment délicieux et scruta autour de lui. Ils étaient seuls. Personne ne faisait attention à eux et au regard qu'ils partageaient.

Après un instant à profiter de cette sensation de liberté, il tendit la main.

— Je m'appelle Philippe.

— Je suis Norah, répondit la jeune femme en caressant la main qui lui était tendue.

Ils se sentaient seuls au monde et avaient toute la nuit devant eux.

En sortant de la hutte à l'aube, Philippe revit cette brume matinale qui recouvrait le village pygmée dans la forêt. Il n'avait pas de café sous la main pour accomplir ce qui était devenu son rituel, il se contenta donc de contempler le retrait des énergies nocturnes dans les limbes de la jungle. Il avait bien dormi sur la paillasse, dans la même pièce que Chérubin et Merdi, après les avoir rejoints tard dans la nuit. Ils s'étaient tous trois réveillés spontanément à l'aurore, dès que les premières lueurs transperçaient le chaume du toit. Le coq avait également apporté sa contribution, bien qu'on ne lui ait rien demandé.

Philippe observa la vie reprendre. Certains villageois rallumèrent le feu au milieu de la clairière centrale, d'autres partirent dans la jungle ou en direction de la ville pour faire des affaires et d'autres encore allèrent à la rivière pour laver les vêtements. Comme toujours, les doutes qu'on pouvait avoir sur l'humanité se dissipaient quand on était exposé au plus fondamental : le quotidien. C'était dans cette routine que l'on s'attelait à ses tâches, que l'on ne faisait pas d'histoires, que l'on s'accordait le mieux. La vie se situait toujours au-dessus des considérations politiques qui ne faisaient qu'empoisonner l'innocence d'une existence paisible.

Philippe et Chérubin empruntèrent le chemin par lequel ils étaient arrivés, accompagnés de Merdi. Lorsqu'ils contournèrent la petite chaumière, Philippe entendit un chant. Une voix d'homme âgé émanait de la clairière des pygmées. Il se tourna et vit un vieillard vêtu de haillons, en train de danser dans ce qui avait dû être sa maison à une époque, mais dont il ne restait que l'ossature faite de quatre poteaux d'eucalyptus et quelques feuilles de bananier en guise de toit. Ses pieds nus battaient le rythme sur un sol boueux. Sa bouche, grande ouverte pour proclamer ses chants, contrastait avec ses yeux verrouillés, comme ceux d'un malvoyant. La vue de ce personnage si singulier, s'il n'était pas malade, laissa sur Philippe une impression partagée. Ce chant s'apparentait-il davantage à celui du coq avec les pieds dans la boue, ou constituait-il un signe que l'homme perdait la boule et qu'il se dirigeait vers la destruction ? Dans son métier, Philippe devait toujours contempler les différents scénarios afin d'anticiper la suite des événements. Le drôle d'oiseau qu'était cet homme chantant avait des faux airs de prophète.

— Qu'est-ce qu'il chante ? demanda Philippe à Merdi.

— Ce vieux est complètement fou, n'y prête pas attention.

— Tu peux me dire ce que signifient ses paroles ?

— C'est un mélange de remerciements au Bon Samaritain, de mise en garde devant les flammes de l'enfer, ainsi que des galimatias et consorts…

Après un instant à écouter encore le chant, Philippe remercia Merdi pour son aide précieuse lors de son séjour. Chérubin l'invita ensuite à se remettre en route pour ne pas perdre plus de temps. En sortant du village pygmée, ils croisèrent quelques personnes qui leur sourirent, notamment les enfants qui étaient très curieux du *mzungu*. Certains venaient lui parler, pour se faire immédiatement rabrouer par le guide taciturne. N'ayant que faire de leurs regards noirs, le menuisier de Nyalende était impatient de rentrer chez lui et exhortait Philippe à presser le pas. Ce dernier avait apprécié ce séjour hors du temps et repartait presque en traînant des pieds. Il gardait surtout le souvenir de Norah, son odeur, sa chaleur.

Quelques heures de marche à un rythme soutenu plus tard, ils arrivèrent à la rivière qui séparait la forêt de la vallée de Nyalende. Des femmes lavaient des vêtements en bavardant, mais se turent en voyant Philippe et Chérubin approcher. Ce devait être un réflexe de rester sur le qui-vive à tout moment. La présence d'un homme à leurs côtés, qui nettoyait sa petite moto, devait quelque peu les rassurer. Elles durent reconnaître Chérubin, car elles reprirent leur activité, même si elles ne parlèrent plus.

Lorsqu'ils arrivèrent aux portes de la ville de Nyalende, Philippe remarqua un nuage de fumée noire émanant de la colline. Il oublia la fatigue due à plusieurs heures de marche et courut le plus vite possible, laissant son guide derrière lui. Galopant sur la piste de terre, il passa devant le poste de santé qui était en effervescence.

Des blessés, des brûlés, des asphyxiés accouraient ou étaient transportés vers la petite clinique. Totalement pris de court, Philippe hésitait à se ruer aux urgences pour prêter main-forte, mais savait qu'il n'aurait pas forcément beaucoup de valeur ajoutée. Il fila en direction du bureau d'Action internationale, d'où il pourrait obtenir davantage d'informations. À travers le portail grand ouvert, il vit une agitation considérable. Les employés locaux couraient dans tous les sens. Juan était là, en train de coordonner les efforts. Il répartissait des seaux et des bidons dans toutes les mains libres, afin qu'elles aillent les remplir à la borne-fontaine. Bien que très agité, il exprima un soulagement en apercevant Philippe arriver. Il délégua la distribution des conteneurs au premier venu et s'approcha de Philippe.

— Content de te voir de retour sain et sauf.

— Qu'est-ce qui se passe ?

— Un incendie s'est déclaré dans le camp. On ne connaît pas encore l'origine, mais beaucoup d'abris ont brûlé, je dirais plusieurs dizaines.

— Plusieurs dizaines ! ?

Philippe était anéanti par le chiffre. S'il n'y avait pas cette urgence d'éteindre le feu, il se serait affalé par terre par pur découragement. Juan reprit rapidement afin de ne pas perdre son logisticien :

— Malou est au poste de santé, elle prête main-forte. Eugide est là-haut, en train de coordonner la réponse. Vas-y maintenant ! Moi je vous envoie de l'eau par chaîne humaine. *¡ Vámonos !*

Sans réfléchir, Philippe prit ses jambes à son cou et courut en direction de la colline. Ses muscles, déjà fatigués par la marche dans la forêt, tiraient sérieusement, mais il n'y pensa pas. Il croisait des personnes descendant la pente, ainsi que celles qui formaient la chaîne humaine pour l'acheminement de l'eau. Certains portaient des jerricanes, d'autres des seaux, des brocs, même des gamelles. La chaîne n'était pas très active, probablement en raison du débit de la borne-fontaine du village qui ne devait pas être extraordinaire.

Parvenu en haut, il vit l'ampleur de l'incendie. En raison de la proximité des abris les uns avec les autres, il suffisait de peu de choses pour que le brasier s'étende. Il arrivait souvent qu'un embrasement se déclenche à cause d'un feu de cuisine non maîtrisé, et les risques étaient grands. Dans le cas présent, il y avait plusieurs abris calcinés, et d'autres étaient encore en train de brûler. Les réfugiés qui ne paniquaient pas s'étaient joints aux efforts, sous les ordres d'Eugide qui hurlait et agitait les bras. En voyant Philippe approcher, il se montra inquiet.

— Patron, il y a un incendie !

Dans des circonstances moins graves, Philippe aurait eu envie de répondre « Sans blague ? », mais il décida de s'en tenir à l'essentiel.

— Qu'est-ce qui s'est passé ?

— Je pense que c'est un simple feu de cuisine qui a atteint une bâche, et qui s'est propagé aux alentours. Maintenant, je dirais qu'entre vingt et trente abris sont touchés.

— Bon, comment as-tu organisé la réponse ?

— J'ai formé une chaîne humaine. On commence à avoir suffisamment de personnes, mais ça ne fonctionne pas assez vite. On a déjà épuisé les réserves d'eau, donc on dépend de la seule borne-fontaine du village, sur la place du marché.

— Il y a la rivière aussi. Elle est un peu plus loin, mais au moins le débit sera meilleur. Si on a assez de bras, on peut faire deux chaînes.

— Oui, c'est une bonne idée.

Eugide prit l'air de réfléchir encore quelques secondes au concept, comme si on lui avait proposé de parier de l'argent, mais se rendit rapidement à l'évidence. Il fallait agir vite et par tous les moyens. Il se tourna vers sa nouvelle équipe de pompiers et sélectionna, intelligemment, une personne sur deux dans la chaîne en leur demandant de le suivre. L'analogie du pari revint à Philippe qui était décidément ravi d'avoir misé sur le bon cheval en enrôlant Eugide. Il lui était déjà arrivé de recruter des bras cassés ou des individus faisant preuve de mauvaise volonté, qui pouvaient donner un goût amer même aux grandes victoires. Alors que des employés comme Eugide, volontaires et engagés, pouvaient rendre une défaite honorable, car on avait tout mis en œuvre sans hésiter.

Il faisait chaud sur la colline. Le ciel bleu n'était entaché que de l'épaisse nuée émanant du brasier. Entre le soleil et les flammes, tous suaient à grosses gouttes. Philippe enleva sa chemise et reprit le rôle d'Eugide à la coordination des efforts. Il décida de laisser brûler les abris perdus et de contenir l'incendie afin d'empêcher sa propagation. Ils ne parviendraient pas à sauver les constructions embrasées. L'essentiel était de limiter la casse. Il réorienta donc les équipes vers le sens de l'avancée du feu. Il vit Eugide accompagné d'un nouveau groupe d'une trentaine d'hommes, de femmes et de quelques adolescents. Ils dévalaient la colline, jerricane à la main, en direction de la rivière où Philippe avait aperçu les lavandières et l'homme à la moto un peu plus tôt. Il se rendit compte à ce moment-là que ces villageois ne levaient pas le petit doigt pour aider les réfugiés à stopper l'incendie. Une fois de plus, on laissait les Rwandais mourir.

À l'écart des deux chaînes humaines, Philippe avait remarqué les personnes âgées s'occupant des enfants pendant que les parents s'affairaient à éteindre les flammes. Des bébés se blottissaient dans les bras de vieillards. De minuscules mains douces tenaient fermement des doigts ridés, s'accrochant à une vie vouée à la disparition imminente. L'avenir et le passé du peuple tutsi observaient la génération actuelle en train de se battre pour survivre. Chassés de leur terre sous la menace de l'extermination, ils se retrouvaient désormais face à une autre adversité, dans l'indifférence générale de leurs voisins et du monde qui les entourait. Les personnes âgées, impassibles devant cette nouvelle épreuve, tentaient de rassurer les enfants. Une vieille femme, seule, avait lâché les rênes et éclaté en sanglots. Elle leva les bras au ciel et implora, s'époumonant en haranguant les cieux de ses supplications en kinyarwanda. Philippe ne put comprendre autrement qu'en une interrogation.

« Pourquoi ? Qu'avons-nous donc fait ? »

Il était épuisé. Il avait passé la nuit à dompter la rage du brasier et avait enfin pu s'écrouler une fois de retour à la base. Après quelques heures d'un sommeil agité, Philippe se leva et ressentit immédiatement les courbatures, la douleur des coupures et des brûlures ainsi que les céphalées dues aux fumées qu'il avait respirées pendant des heures. Il dut s'aider de ses bras pour se dresser sur la couchette. En remuant de la sorte, il fit ressurgir les odeurs qui émanaient de sa peau, notamment cette satanée fumée qui l'avait intoxiqué des heures durant. Il s'assit au bord du lit et posa ses pieds sur le plancher. La sensation de l'eucalyptus, poncé davantage par les passages successifs des hommes que par le rabot du menuisier, parut à son corps comme un soulagement au milieu de toutes les agressions qu'il avait subies. Sans parler des moustiques qui avaient festoyé sur lui. Il se rassura en se disant que s'il devait faire une crise de paludisme, au moins il avait déjà répondu à l'urgence. S'il devait rester des jours au lit, son emploi du temps pourrait désormais le lui permettre.

Il se leva tant bien que mal et descendit dans la cour en boitant. Il se dirigea vers l'abri qui servait de cuisine où il se versa de l'eau chaude dans une tasse en plastique, qu'il agrémenta de deux cuillérées de café lyophilisé. La cour était vide, seuls des détritus engendrés par l'urgence de la veille jonchaient le sol. Il se demanda quelle heure il était, car le soleil était déjà bien haut et le bureau était habituellement plus animé que cela. Il emporta sa boisson dans la salle commune utilisée aussi bien pour les réunions que pour les repas. En général, il avait toujours un paquet de biscuits qui traînait, ça compléterait son petit déjeuner. En poussant la porte, il ressentit immédiatement l'agitation qui régnait dans la pièce. Une dizaine de collègues étaient rassemblés, dont Juan. En fond sonore, un petit transistor émettait des voix saturées, étouffées, débitant en kinyarwanda à toute vitesse. Philippe sentit que quelque chose se tramait à nouveau.

— Quoi encore ? demanda-t-il à Juan.

— Tu es vivant ? lui répondit son chef.

— À peine… Qu'est-ce qui se passe ?

— Les rebelles réalisent des avancées spectaculaires au nord ! Ils s'approchent de Kigali.

La nouvelle ravit Philippe. Le Front patriotique rwandais de Paul Kagame, composé principalement de Tutsis, profitait du fait que les Interahamwe étaient occupés à massacrer des civils plutôt qu'à s'organiser pour se battre contre les rebelles. Un signe positif dans ce contexte n'était pas de trop après les derniers mois où ils n'avaient rencontré que terreur, destruction et désarroi.

Les employés partageaient les sourires. Il y avait aussi bien des Rwandais que des Zaïrois dans l'équipe, des hommes que des femmes, des Tutsis que des Hutus. Ici, ils étaient tous habités par la cause consistant à répondre aux besoins des personnes qui traversaient la frontière à la recherche d'un abri, loin des massacres. On passait du kinyarwanda au swahili au français et l'on se projetait dans un futur proche où la guerre serait finie et où les tueries auraient cessé. Comment les réfugiés allaient-ils rentrer chez eux et faire face à ceux qui avaient découpé leur famille ? Comment allaient-ils retrouver leurs terres inondées du sang de leurs voisins ? Comment imaginer un avenir dans une nation brisée ? Ils se poseraient ces questions plus tard. Ce moment dédié à la réjouissance et à l'espoir était trop précieux.

D'autres collègues firent leur entrée dans la salle et prirent connaissance de la nouvelle. Petit à petit, une légère ambiance de fête se mit à régner dans les bureaux. On voyait beaucoup plus de sourires que dans les jours précédents, on écoutait davantage de musique à la radio en travaillant, on s'accordait des pauses pour papoter autour d'un café. Après le drame de la veille, on sentait que le cauchemar touchait à sa fin. Le soir, Juan, Malou et Philippe décidèrent même d'acheter des bières et d'organiser un moment convivial avec leurs collègues. Les Primus tintèrent et coulèrent, on se serra les mains, les bras. Les messages d'espoir furent partagés.

Le génocide était à un stade tellement avancé qu'une aide humanitaire, déjà considérée la plupart du temps comme un pansement sur une jambe de bois, n'aurait qu'un impact infime devant l'ampleur de la catastrophe qui secouait le Rwanda. Certains s'accordaient même à dire qu'il n'y avait rien d'autre pour stopper la machine de l'extermination qu'une intervention armée. Il fallait que la communauté internationale se réveille et mette un terme à l'horreur. Mitterrand avait décidé de déployer l'opération Turquoise, mais sa crédibilité était grandement affectée par le soutien qu'avait apporté la France au gouvernement de Habyarimana, à l'origine du massacre. On venait à croire que cela risquait d'empirer les choses, ou en tout cas à faire un arbitrage orienté sur les crimes commis à l'échelle du pays depuis près de trois mois.

Les afflux de Tutsis cessèrent dans les jours qui suivirent. Certains réfugiés osèrent même repartir quand ils entendirent que leur ville avait été libérée. Les rumeurs circulaient que les rebelles ne faisaient pas preuve de tendresse dans leur reconquête et que l'heure était plutôt à la vengeance qu'à la réconciliation. À leur tour, des milliers de Hutus se mirent à quitter leurs terres par peur des représailles. Maintenant que Kagame et ses *Inkotanyi* avaient obtenu le soutien du monde entier dans leur mission de reprendre le pays, ils allaient abuser du privilège et en faire baver à tout Hutu qui se trouverait sur leur chemin…

« *Il est maintenant neuf heures et deux minutes dans les studios de la radio libre RTLM qui émet de Kigali. À tous nos auditeurs, nous souhaitons une bonne fin de semaine.* »

RTLM, cela lui disait quelque chose…

« *Vous tous qui nous écoutez, en Tanzanie, en Ouganda, au Zaïre, au Burundi, gardez votre courage !* »

Ça y est, cela lui revenait !

« *Ceux qui sont à l'intérieur du pays, dans les zones occupées par les Inkotanyi…* »

Philippe l'avait déjà entendue, cette machine à propagande. Désormais, il l'écoutait pour la première fois attentivement.

« *Vous qui êtes en train de leur mentir en faisant semblant d'être d'accord avec tout ce qu'ils vous disent…* »

La Radio Mille Collines… La voix du génocide.

« *… alors que dans votre for intérieur vous vous félicitez d'avoir exterminé leurs enfants…* »

Il n'en revenait pas. Cette parole diabolique empoisonnait les oreilles des Rwandais qui écoutaient depuis un an. Une année de vitriol déversé à l'échelle de tout un pays. Les génocidaires se vantaient publiquement de leurs exactions. Leur heure était venue. Ils allaient être jugés pour leur ignoble besogne, mais riaient au nez de la justice et osaient une dernière provocation. En manquant ainsi autant de respect aux âmes innocentes qu'ils avaient exterminées, la voix n'en paraissait que plus maléfique.

« *Continuez à leur mentir ! Soyez hypocrites ! Apprenez leur hypocrisie. Acceptez tout ce qu'ils vous disent pour éviter la mort, mais il faut que vous sachiez que ce sont ces gens qui ont tué notre président de la République. Ce sont eux qui sont en train de tuer des bébés à Kigali, à Butare, à Byumba, à Kibungo, partout ! Épiez ces gens, que ce soit une vieille, un vieux ou un enfant. Gardez ça dans votre cœur ! Sachez que ces gens, qui vous sourient avec un sourire hypocrite, ce sont des méchants expérimentés qui dépassent l'intelligence. On ne peut pas trouver un terme pour les qualifier à cause de leur méchanceté…*

« *Vous êtes toujours à l'écoute de la RTLM, bon dimanche !* »

La radio venait d'annoncer que plusieurs villes, dont Butare, étaient aux mains des rebelles. Butare, c'était la ville de Norah.

Si les *Inkotanyi* libéraient Butare, cela inciterait les Tutsis réfugiés à y retourner pour retrouver leurs maisons, leurs terres. Ils prendraient ainsi de grands risques de tomber sur des Hutus. Assurés de leur défaite, à en croire la Radio Mille Collines, ces derniers seraient prêts à tout pour ne rien céder aux vainqueurs et tout entraîner dans leur chute inexorable.

Il pensa à Norah. Qu'allait-elle faire ? Allait-elle rentrer chez elle ? Butare était à des centaines de kilomètres. Elle disait avoir de la famille plus près de la frontière, mais ils avaient tous fui, s'ils n'avaient pas été tués. Sa maison avait dû être accaparée par un génocidaire. Même si ce n'était pas le cas, allait-elle vivre aux côtés de personnes qui avaient autant de sang sur les mains ? Allait-elle saluer dans la rue ceux qui avaient découpé des enfants à la machette ? Allait-elle attirer l'attention, en tant que Tutsie ? Pourrait-elle regarder ses concitoyens dans les yeux sans se demander de quel côté ils avaient été ?

***

Gisèle éteignit la radio. Posé sur une étagère dans la hutte qui leur avait été prêtée par un habitant du village twa, le transistor à piles grésillait, saturait. Elles avaient entendu la voix de Kantano Habimana déblatérer son fiel habituel. Cette fois-ci, l'animateur n'appelait plus les auditeurs à repérer les Tutsis à leur petit nez avant de le casser, mais il dénonçait les avancées des rebelles dans de nombreuses zones. Norah avait appris à ne pas se laisser affecter par ces voix de haine, mais plutôt à les analyser pour reconnaître les informations intéressantes dans toute cette propagande. Ainsi retint-elle que les rebelles reprenaient de vastes parties du pays et approchaient de Kigali. La fin de la guerre était imminente. Les massacres allaient bientôt cesser. Le sang allait moins couler. Pourtant, on ne pourrait plus faire comme avant. Le pays était brisé, divisé, irréparable. Un grand coup de machette avait taillé un fossé à travers la terre rwandaise, et plus rien ne pourrait réconcilier les peuples. Comment pouvait-on s'attendre à reprendre une vie normale alors qu'on avait été défiguré, mutilé, violé par ses propres voisins ?

Même l'équipe de football des Pangolins s'était désintégrée, dans les jours précédant le génocide, en raison de bagarres récurrentes entre les joueurs. Au début de la guerre civile, les coéquipiers se soutenaient, coûte que coûte. Ils faisaient preuve de solidarité et ne se laissaient pas affecter par la politique. Et puis la RTLM avait commencé à émettre et à répandre ses rumeurs. Les animateurs de la radio accusaient les Tutsis de tous les maux, et quelques Pangolins s'étaient mis à y croire. Tout à coup, ils étaient tenus pour responsables des défaites parce qu'ils n'avaient pas bloqué un adversaire ou que le ballon leur avait échappé. Il arrivait régulièrement que les parties soient interrompues, car certains en avaient assez d'être incriminés ou moqués alors qu'ils disputaient seulement un match de football. Puis il y eut les bagarres. Certains Tutsis cessaient de venir aux entraînements, puis aux rencontres. Plus faible, l'équipe enchaînait les revers. Finalement, ils avaient arrêté de jouer. C'était quelques semaines avant la fin de la saison de football et le début d'une autre saison.

La saison des machettes.

L'autre information qu'ils apprenaient au compte-gouttes était que l'avancée des rebelles faisait fuir les génocidaires. Les Interahamwe n'étant plus aussi tranquilles pour mener leur campagne d'extermination, ils commençaient à se replier en direction du sud et entraînaient la population hutue avec eux. Ils les exhortaient à les suivre, par crainte que les *Inkotanyi* se montrent rancuniers et les abattent en représailles.

Les Pygmées avaient fait comprendre à Norah et Gisèle qu'elles étaient libres de rester dans le village aussi longtemps qu'il leur semblait nécessaire. Elles étaient reconnaissantes, mais également gênées d'avoir bénéficié d'autant de générosité. De plus, la proximité de ce campement avec la frontière leur faisait craindre de croiser des bandes de Hutus assoiffés de sang fuyant le Rwanda. L'heure de partir avait sonné. Iraient-elles vers le camp que construisait Philippe, ce *mzungu* qu'elles avaient rencontré ? Il avait l'air de bonne foi et s'était montré particulièrement gentil avec Norah. Peut-être qu'il prendrait soin d'elles personnellement ? Peut-être les aiderait-il à fuir vers l'Europe ? Elles ne pouvaient s'empêcher de penser à toutes ces éventualités, aussi improbables soient-elles. Elles décidèrent de tenter l'aventure dans quelques jours et de retrouver Philippe à Nyalende.

— Comment ça, partir ? Mais on n'a pas fini !

Philippe était hors de lui. Juan avait convoqué l'équipe de coordination dans son bureau pour une réunion impromptue. Philippe avait encore des échardes dans les doigts lorsque Spéciose, leur cuisinière, était venue le chercher. À bout de souffle, elle lui avait appris que Juan voulait le voir dans les plus brefs délais. Il avait alors laissé Eugide superviser le chantier, ce qu'il faisait sans difficulté, puis avait dévalé la colline en vitesse. En bas, il avait trouvé Malou, toujours en blouse, en train de se rendre à la base en même temps. Visiblement peu ravie de l'interruption dans son travail, elle était aussi intriguée que lui quant à la raison de cette convocation. La fin de la guerre paraissait proche, ils pensaient donc que leur chef leur donnerait de bonnes nouvelles sur le contexte. En effet, Juan avait commencé par quelques informations positives sur l'issue du conflit, mais cela ne semblait pas signifier l'arrêt des massacres pour autant. Il avait expliqué que l'avancée des rebelles entraînait la retraite des Forces armées rwandaises, les Interahamwe, mais également de grands groupes de personnes qui leur servaient de boucliers humains dans leur fuite. Juan avait décrit la situation avant de communiquer sa décision.

— Jusqu'ici, les populations qui parvenaient à échapper aux exterminations se réfugiaient là où elles le pouvaient. Le Front patriotique rwandais va probablement s'emparer du pouvoir et mettre en place une certaine justice à l'encontre des génocidaires. Les Interahamwe disent aux civils hutus que les rebelles vont les tuer, que tous les Hutus sont coupables aux yeux des rebelles. Nous entendons en effet que les représailles sont impitoyables et que plus personne ne distingue les civils des parties prenantes. Désormais, les martyres deviennent les bourreaux. Les Hutus commencent donc à fuir, notamment en Tanzanie. Beaucoup vont venir au Zaïre. On s'attend à des vagues de réfugiés sans précédent. Nous allons être confrontés à un dilemme. En tant qu'humanitaires, nous devons aider toute personne qui en a besoin, au même titre que les médecins doivent soigner tous les blessés, y compris ceux qui ont donné la mort à autrui. Je ne vous l'apprends pas, c'est ainsi depuis la bataille de Solferino et la création de la Croix-Rouge en 1863. Pourtant, nous sommes tiraillés par des questionnements. Devrons-nous fournir un abri, de l'eau, à manger, à ceux qui ont volontairement créé la situation catastrophique dans laquelle la population se trouve ? Devons-nous secourir des réfugiés, même si nous les soupçonnons d'avoir commis des atrocités ? Pourrons-nous nous résoudre à apporter de l'aide à un homme qui a découpé des enfants à la machette ? À ceux qui ont dénoncé leurs voisins ? Qui ont pillé, violé, mutilé ?

Parmi eux, il y aura principalement des civils, bien sûr. Des personnes qui n'auront pas participé aux tueries. Des personnes qui ont peut-être caché des Tutsis. En tant qu'humanitaires, en théorie, nous ne devons pas nous préoccuper de ces considérations. Nous devrions tous les épauler. Nous serons forcément instrumentalisés par les génocidaires, au même titre que les populations dont ils se servent pour être accueillis au Zaïre comme réfugiés fuyant un nouveau massacre. Ils savent que les ONG telles que la nôtre reçoivent les pauvres, les personnes vulnérables, ceux qui sont chassés de chez eux. Ils savent pertinemment que nous ferions tout pour leur apporter une aide sans condition. Voulons-nous participer à cela ?

Juan avait exposé les principes humanitaires d'impartialité et de neutralité, mais n'y croyait plus. Cette crise avait mis à rude épreuve les valeurs auxquelles cet humanitaire aguerri adhérait. Bien qu'atterré par la décision, Philippe voyait dans les yeux de son chef que son engagement était remis en question et qu'il valait mieux qu'il ne reste pas si son cœur n'y était plus. L'erreur devenait trop facile à commettre si l'on ne savait pas précisément ce que l'on était en train de faire.

— J'ai fait part de ces problématiques au siège, reprit-il. Ils sont d'accord avec moi que le doute est permis dans ce contexte inédit. Le camp que nous avons construit est en train de se vider. Les Tutsis rentrent chez eux. À leur place vont arriver des dizaines de milliers de Hutus. Même si nous décidions de rester et de faire preuve de la plus grande neutralité, nous n'aurions pas la capacité d'aider autant de personnes. J'ai donc fait le point avec les autres ONG à Bukavu et à Goma. C'est un véritable tsunami de réfugiés que l'on attend et nous devrons absolument conjuguer les efforts pour y répondre de manière aussi efficace que possible.

— Donc on rentre à Bukavu ? osa Philippe.

— Nous allons laisser le camp aux mains du bourgmestre. C'est une crapule, mais il sait que c'est dans son intérêt d'aider les réfugiés. Après tout, il dispose désormais d'un camp flambant neuf grâce à nos efforts, il pourra donc loger quelques milliers de personnes.

— Ce pourri va les faire payer ! s'indigna Malou.

— Peut-être, mais ce ne sera plus notre affaire.

— Et les journaliers locaux ?

— On leur donnera le choix de rester travailler ici ou de venir à Bukavu avec nous. Selon notre stratégie, nous pourrons probablement continuer à les employer.

Malou réfléchit quelques instants avant de revenir à la charge.

— Si ce sont des dizaines de milliers de personnes qui vont affluer, il y aura forcément des gens avec des besoins médicaux. Entre ceux qui se sont blessés en route, ceux qui seront tombés malades, les femmes enceintes, les personnes âgées… On va les laisser arriver ici, avec pour seul dispositif médical le petit poste de santé dépourvu de moyens et sous-*staffé* ?

— J'entends tout ça, Malou. Crois-moi, tout a été pris en considération, mais pour l'heure, nous ne connaissons pas précisément les besoins. Nous risquons justement d'être submergés par les cas. Nous manquerons de moyens au bout de trois jours. Il serait plus stratégique de se coordonner avec les autres acteurs, de s'approvisionner en matériel et en médicaments et de se déployer là où nous aurons une plus forte valeur ajoutée.

Malou et Philippe approuvèrent en hochant la tête. Ce que disait Juan avait du sens. Ils savaient qu'ils seraient vite submergés si les afflux de réfugiés s'avéraient aussi conséquents que ce qui était pressenti. À ce moment-là, ils se rendirent compte à quel point ils étaient fatigués. Cela faisait des semaines qu'ils étaient à Nyalende, œuvrant chaque jour sans relâche. Ils n'avaient pas imaginé une seule seconde l'éventualité de s'arrêter, ils continuaient donc à travailler. L'idée ayant germé, désormais, l'adrénaline chutait et les rendait à l'évidence qu'ils ne pourraient tenir beaucoup plus longtemps. Ils prirent conscience de leur état. Ils avaient tous trois perdu du poids, ils n'avaient dormi que quelques heures chaque nuit. Les conditions de vie ascétique et l'hygiène limitée les avaient épuisés. Il y avait encore du boulot. Il y en aurait toujours. L'impact qu'ils auraient ne ferait que s'amenuiser progressivement, au fil des jours, jusqu'à ce qu'ils soient totalement cramés et inutiles, voire contre-productifs. La possibilité de prendre une vraie douche et de dormir dans un vrai lit leur paraissait à présent comme un trésor auquel ils n'avaient osé songer jusque-là. Ce rêve leur avait été interdit, au même titre que le confort qui les attendait chez eux, leurs familles, ou une nourriture de qualité en quantité suffisante. Le simple aperçu de ce bonheur avait la capacité de les décourager de leur tâche, surtout si le moindre doute venait à brouiller leur pertinence.

Ils se regardèrent tous trois et ne purent s'empêcher de sourire. Ils étaient fiers du travail abattu jusque-là, même s'ils n'avaient séché qu'une larme de l'océan d'horreur dans lequel ils baignaient.

Fuir. Une fois de plus. Elles avaient quitté Butare, Mbirizi, et maintenant ce petit village twa dans la forêt. Ce lieu était le seul qui leur avait accordé un moment de paix, voire un semblant de bonheur, depuis le début des hostilités. Après de longues discussions et des heures à écouter les stations de radio qu'elles parvenaient à capter sur le transistor de la vieille Rosa, elles avaient enfin pris leur décision.

Les rebelles avaient fait des avancées majeures dans une grande partie du pays. Les Français avaient lancé l'opération Turquoise et soi-disant sécurisé une « zone humanitaire sûre » à proximité de la frontière zaïroise. Un doute persistait quant au camp qu'ils avaient choisi de protéger plus que l'autre. De nombreux civils se faisaient encore tuer. Les Interahamwe invitaient les Hutus à les suivre, de peur d'être massacrés à leur tour. Cette horde de fous sanguinaires se dirigeait désormais droit sur elles. Aussi assoiffés de sang qu'ils avaient été depuis près de trois mois, les Hutus manipulés par le régime extrémiste n'allaient certainement pas s'arrêter de sitôt.

Norah et Gisèle avaient donc décidé de rester au Zaïre, mais de s'enfoncer dans la forêt, le plus loin possible de la frontière. Les Twa leur avaient assuré qu'elles pourraient bénéficier de l'hospitalité d'autres Pygmées, notamment dans le parc du Kahuzi-Biega, à l'ouest de Bukavu. La première étape les menait à Nyalende, où le gentil *mzungu* Philippe les avait invitées à demander un abri. Elles avançaient depuis des heures, au rythme imposé par Gisèle, bien trop lent au goût de Norah. Elles suivaient la petite piste qui leur avait été indiquée, mais elles devaient se tenir prêtes à se cacher au moindre bruit, par crainte de croiser des hommes malintentionnés comme il pouvait en exister partout.

Elles n'avaient que des claquettes aux pieds, mais elles étaient habituées à marcher en forêt. Elles avançaient doucement, s'arrêtant de temps en temps pour respirer. Norah espérait qu'elles atteindraient Nyalende avant le coucher du soleil, car elle n'avait aucune envie de passer la nuit dans la brousse. Gisèle se plaignait de ses articulations. Après tout, elle avait un embonpoint qui ne lui permettait pas non plus de galoper comme un okapi. En cas de menace, Norah n'ignorait pas qu'elles devaient opter pour la dissimulation. Elle identifiait à intervalles réguliers des cachettes possibles sur le bord du chemin au cas où elles croiseraient des êtres jugés indignes de leur confiance. Qu'ils soient humains ou pas.

Lorsqu'elles virent le ruisseau en fin d'après-midi, elles surent qu'elles approchaient. D'après les indications des Pygmées, elles devaient encore monter une petite côte une fois passée la vallée et elles parviendraient au poste de santé de Nyalende, puis au village. La colline des réfugiés s'imposerait d'elle-même à leur vue, comprirent-elles aux descriptions quasi bibliques de leurs hôtes des dernières semaines. Elles franchirent en effet le ruisseau. Il n'y avait personne en cette heure de fin de journée, plutôt réservée à la préparation du repas du soir, mais des habitants marchaient sur le chemin qui menait au village. Elles passèrent la petite clinique qui semblait fermée et atteignirent un carrefour. Afin d'attendre sa mère qui traînait un peu derrière elle, Norah posa son baluchon pour reprendre son souffle et observa Nyalende.

À gauche se dressait la colline, monticule de verdure sillonné de sentiers de latérite rouge creusés par les pieds des artisans et des réfugiés effectuant des aller-retour entre le camp et le village. Perchées au sommet, elles distinguèrent les cabanes de bois cubiques qu'avait dû bâtir Philippe, d'où émanaient des fumées disparates de chauffage et de cuisson. Il y avait tout un damier de centaines de petites maisons disposées côte à côte sur des milliers de mètres carrés. Certaines avaient même dû être construites sur le flanc de la colline par manque de place. Norah espérait qu'elles y découvriraient un abri inoccupé, au moins pour une nuit. Elles discuteraient avec les autres réfugiés pour avoir leur analyse de la situation et ce qu'ils comptaient faire ensuite. Rester ? Attendre les vagues de Hutus ? Repartir au pays ? Se rendre à Bukavu pour trouver du travail ? Chercher à s'établir au Zaïre ?

Elle entendit un bruit de moteur. Ses sens aiguisés par son niveau d'alerte tout au long de la journée passée dans la forêt, elle se mit sur ses gardes immédiatement et étudia l'environnement pour repérer une cachette. Ce n'était peut-être pas utile, à présent qu'elles avaient atteint le village, mais le réflexe était bien là. Gisèle n'était plus très loin lorsque le bruit se précisa. Plusieurs voitures devaient avoir démarré, ainsi que quelques motos, car les divers moteurs tournaient pour l'instant dans le vide, à l'abri de son regard. Elle se lova contre un arbre au bord de la route et invita sa mère à l'y rejoindre tout en évitant la piste de terre. Gisèle pressa le pas et retrouva sa fille alors que le vrombissement s'amplifiait. Les deux-roues hurlaient à intervalles réguliers, faisant chauffer les cylindres. Les bruits semblaient provenir d'une grande maison avec un portail de bois immense. Tout à coup, les portes s'ouvrirent, dévoilant une cour. De nombreuses personnes s'affairaient, courant dans tous les sens, portant des sacs, des cartons, des casques de moto.

Norah et Gisèle aperçurent une femme blanche à la chevelure courte et tellement blonde qu'elle en était presque blanche. Elles n'avaient jamais vu de tels cheveux. La femme monta dans un camion blanc énorme et s'installa côté passager. Il y avait une autre voiture, plus petite, qui ressemblait aux ambulances qu'elles connaissaient à Butare. Des hommes discutaient joyeusement en enfourchant les motos et firent rugir de nouveau les moteurs. L'un d'entre eux enfila son casque et surgit de l'enceinte avant de s'arrêter sur le chemin à une vingtaine de mètres de l'arbre derrière lequel se cachaient Norah et Gisèle. Le motard se retourna et effectua un grand geste du bras gauche. L'autre deux-roues le rejoignit, suivi par l'ambulance. Il y avait un passager *mzungu*, mais il ne ressemblait pas à Philippe. Celui-ci avait les cheveux plus courts et moins foncés et il était rasé de plus près. L'ambulance s'élança à la suite des deux motos et passa devant elles. Les six ou sept personnes à l'avant et à l'arrière du véhicule ne tournèrent pas la tête dans leur direction.

Un son plus sourd émana de la cour. Un énorme camion se mettait en mouvement. Un nuage noir se dégagea du pot d'échappement quand il dévala la petite pente devant la maison et se plaça en face du chemin, à la suite de l'ambulance. Norah scruta vers le haut, pour essayer de voir qui conduisait et aperçut un bras, blanc, qui dépassait de la fenêtre. Alors qu'il arrivait doucement à leur niveau, le chauffeur débrayait. À ce moment-là, il la regarda et s'attarda sur elle. Le temps paraissait suspendu. Un soupçon de sourire sembla naître lorsque Norah crut que le véhicule ralentissait. Elle fit un pas en avant, en direction de l'habitacle. Le regard de l'homme était aussi chaleureux que la dernière fois qu'il s'était posé sur elle. Elle sourit.

Elle entendit l'embrayage grincer fort et observa les roues, qui reprenaient leur rythme. Lorsqu'elle reporta son attention vers la cabine, Philippe ne la dévisageait plus. Il appuya sur l'accélérateur et le poids lourd s'élança en direction de Bukavu, les abandonnant, elle et sa mère, au pied de la colline, avec les autres réfugiés.

Norah suivit le camion blanc des yeux. Avec son chauffeur blanc et sa passagère blanche aux cheveux blancs, ils partaient. Ils laissaient derrière eux Nyalende, les abris qu'ils avaient construits, la clinique qu'ils avaient fait tourner, les habitants à qui ils avaient donné de l'espoir, et les réfugiés qu'ils avaient recueillis.

Épilogue

Le train était à l'heure. Lui aussi. Simon s'installa à sa place et sortit un livre de son sac, mais il savait qu'il ne trouverait pas tout de suite le courage de lire la moindre ligne. Il avait trop à digérer. Il allait ruminer ces retrouvailles avec son père pendant les sept heures que durerait le trajet. Il y était allé à reculons. Il avait menti à Philippe en lui disant qu'il viendrait pour le week-end. En réalité, il avait réservé un voyage retour le jour même. Il avait su d'instinct que ça ne se déroulerait pas bien, ou en tout cas qu'il ne voudrait pas passer davantage de temps avec cet homme. Il avait quitté Marseille près de trente ans plus tôt, à l'arrière de la voiture de sa mère, pour fuir ce père indigne, infidèle, abîmé. C'était après le Rwanda, le Zaïre, le génocide. On avait évoqué huit cent mille morts, deux millions de réfugiés. Bien sûr, ils n'avaient pas vécu d'horreurs comparables à toutes ces personnes, mais Simon considérait que sa famille faisait partie de toutes celles qui avaient été brisées par ce drame.

Aujourd'hui, il quittait de nouveau son père, laissé au volant de son pick-up qui avait autant bourlingué que son propriétaire. Simon savait qu'il ne le reverrait plus.

Il n'avait même pas eu envie de retrouver l'appartement où il avait passé son enfance, dans lequel Philippe habitait encore. Ça ne lui aurait pas parlé. Il n'était pas nostalgique d'une époque solitaire, où sa mère souffrait pendant que son père enchaînait les missions longues. Il considérait avoir une vie normale à La Gacilly, avec Clémence pas loin.

Il était venu sans objectif clair. Il avait voulu confronter Philippe avec sa découverte. Il souhaitait simplement que son père admette que c'était sa faute si leur famille avait explosé. Simon reconnaissait que le génocide et d'autres catastrophes avaient joué sur leur stabilité, mais Philippe était le seul responsable à ses yeux. C'est lui qui était allé se jeter dans cette situation, de son propre chef, à un moment où sa femme et son fils avaient eu besoin de lui. C'est lui qui avait insisté pour y être envoyé alors que l'intervention humanitaire était emmêlée dans les complexités de ce contexte inédit. Il avait inconsciemment choisi entre son engagement et sa famille.

Simon n'avait pas exclu de pardonner à son père d'avoir été infidèle. Peut-être que la clé se trouvait là, dans le pardon. Est-ce qu'en vouloir à Philippe toute sa vie avait créé plus de malheur au lieu de l'en préserver ? Simon était-il incapable d'aimer, puisque pour seule référence il ne bénéficiait que de l'histoire de ses parents ? Philippe se souvenait de tous les détails. Il avait avoué sa faute, platement, sans donner d'excuses ou de circonstances atténuantes.

À Rennes, Simon vit sa mère dans le hall, qui l'attendait en haut d'un escalier mécanique. Après une longue étreinte, elle l'invita à la suivre. Ils avaient un bon quart d'heure de marche pour se rendre à l'appartement de Clémence dans le quartier Saint-Hélier. Comme il arrivait à une heure tardive, il lui avait demandé s'il pouvait dormir chez elle avant de repartir à La Gacilly.

Clémence avait appréhendé ce voyage de son fils à Marseille. Il avait bien sûr le droit de rendre visite à Philippe, mais cette fois-ci, elle savait qu'il avait l'intention de remuer le passé. Ses découvertes au Congo l'avaient complètement bouleversé. Déjà fragile avant son déplacement, Simon n'était pas du tout préparé à être confronté à une telle réalité concernant son père. La méfiance qu'il avait envers Philippe risquait de se transformer en haine.

Elle avait craint pendant toute la jeunesse de Simon que celui-ci ne souffre de la séparation de ses parents. En grandissant, il n'en avait montré aucun signe. Il avait toujours été solitaire, mais c'était un trait commun aux enfants uniques, avait-elle entendu. En devenant adulte, il avait rencontré des filles, dont certaines qu'il lui avait présentées. Il semblait ne jamais s'accrocher, ne pas s'investir pleinement dans la construction du couple. Il n'avait jamais élaboré de projets avec l'une ou l'autre. Elle se doutait qu'elle avait une part de responsabilité dans cette peur de l'engagement. Quitter Philippe avait été la seule issue pour son bien et celui de Simon, mais elle avait surestimé leur capacité à forger une nouvelle vie épanouie après leur fuite.

Elle s'en voulait de lui avoir fait perdre foi en l'amour.

Sur le chemin entre la gare et son appartement, elle n'avait su dire comment son fils avait encaissé la rencontre avec son père. Elle lui avait posé quelques questions, mais il semblait ne pas avoir envie de s'étendre sur le sujet. Il était pourtant souriant, content de la voir et peut-être soulagé de s'être délivré d'un fardeau qu'il portait depuis son enfance.

Assis dans la cuisine, Simon regardait Clémence mettre la table pendant que la quiche était en train de réchauffer dans le four. Il servit la salade, qu'il assaisonna dans les assiettes, puis remplit les deux verres d'un peu de vin rouge. Ils trinquèrent. À eux, au bonheur, à l'amour.

Le lendemain matin, ils descendirent dans la rue et retrouvèrent la voiture de Simon. Celui-ci embrassa sa mère et l'enlaça avec fougue. Leur étreinte ne dura que quelques secondes, mais c'était la plus forte et la plus belle depuis des années. Clémence ressentit ce magnétisme maternel qui lui créait du bonheur à l'état pur. Elle ne put s'empêcher d'avoir les larmes aux yeux. Il allait reprendre le cours de sa vie, son travail, sa maison, ses amis. Qu'il rencontre quelqu'un avec qui partager tout cela n'était pas essentiel. L'important était qu'il sache d'où il venait et qu'il pouvait compter sur elle jusqu'à sa mort et même au-delà. Bien que ses racines aient été entachées par le sang, il pouvait désormais s'élever et avancer, pas à pas, sur son propre chemin. L'histoire avait une fâcheuse tendance à se répéter. Il fallait continuer et se tenir prêt à affronter la prochaine épreuve.

Achevé d'imprimer par Bussière,
en décembre 2024
N° d'imprimeur : 2081759
Dépôt légal : février 2025

Imprimé en France